タイムス文芸叢書
006

母、狂う

玉代勢 章

沖縄タイムス社

もくじ

希望・勇気

きみは
きみ自身のために
希望である
勇気である
だから

ぼくも
希望であることができる
勇気であることができる

二〇〇四年、新潮文庫「あなたにあいたくて生まれてきた詩」（詩を選んだ人・宗左近）に収録

第29回新沖縄文学賞受賞作

母、狂う

「ア、ラ、シ。ア、ラアアア、シイイイイ」

誰かがぼくを呼んでいるような気がする。

ぼくはどこにいるのだろう。ぼくはいつも自分がどこにいるのか分からなくなってしまう。

ぼくは歩いている。ぼくは立ち止まる。後ろを振り向く。左を見る。右を見る。誰もいない。天井が低く覆い被さっている。巨大な格納庫のような場所だ。窓がない。

しかし、よく考えてみるとぼくは歩いているのではない。電車の腰掛に坐っている。ぼくは安心する。ぼくは電車に乗っているんだ。なんでもない。電車は疾走している。ぼくの向かいに三十代の男が坐っている。男は痩せていて怒り肩である。男は緑がかった灰色の背広を着け、焦茶色のネクタイを締めている。男の左隣りに四、五歳の子供が坐っている。半ズボンを穿いている。天然パーマである。子供の隣りに三十に近い母親が坐っている。母親はミニスカートである。白い膝小僧を見せている。小さな唇だ。化粧はしてない。すべすべした肌である。

しかし、この電車には窓がない。ぼくはどこに行くつもりだったのだろう。ぼくは切符を持ってない。財布もない。外出する時には必ず持っている黒いショルダーバッグがない。電車は微かにシンナーの匂いがする。痩せた怒り肩の男は分厚いファイルをめくっている。何百何千の名刺を縮小コピーしてある。アラビア数字とアルファベットを組み合わせた通し番号を打ってある。子供は母親に寄り掛かりながら男を見ている。子供の、ふわふわの髪が怒り肩の男へ流れる。男は子供の髪を振り払う小さな仕草をする。

母親は河馬《かば》の絵の刺繍が入ったリュックサックを抱いていて、首には双眼鏡を掛けている。子供の髪が、また男へ流れていく。男は母親に抗議する。「あなたの子供が先ほどからずっと私を見つめている」。母親は子供と場所を入れ替わる。母親は子供に「窓の外を見て、椋鳥《むくどり》がいないか探してごらん」と促す。子供は靴を脱ぐ。ぼくに尻を向けて坐り直す。子供の背中で河馬が大きな口をあんぐり開けている。

窓の外を見て？　窓？　ほんとうだ。窓がある。遥か遠くに鉄骨とボルトを繋いだ三十階四十階五十階のビルディングの群れが黒い天空にのめり込んでいる。

「ア、ラアアア、シイイイイ。アア、ラアアア、シイイイイイ」ぼくを呼んでいる。

ぼくはアメーバのような、ちっぽけな薄い意識である。肉体がない。ぼくの意識は宇宙の何万年何百万年の巨大な流れの中にあるらしい。ぼくは自信がない。よく分からない。ぼくは偶然によって命を得た。ぼくは、いなくてもいい。ぼくは真実ぼくが存在するのか実感できない。ぼくの命はぼくの意識なのか。ぼくの意識は、偶然によって或る日、死ぬ。ぼくの意識が滅びるとぼくの肉体は腐敗し焼かれる。滅びた意識はどこに行くのだろう。滅びて、無になる。無の渦の中で永久に回転し続ける。ぼくが滅びても宇宙は流れる。昨日と同じように昨年と同じように百年前、千年前、一万年前と同じように流れる。或る日、宇宙は爆発する。滅びた何千億何千兆何千京の意識たちを抱えて無になる。宇宙は無の渦の中で永久に回転し続ける。

「おおおおかあああああああ」ぼくを呼んでいる。ぼくの意識は、意識の周りに付着している、頭、顔、腕、胸、腰、尻、足があることを認める。ぼくは夢と現《うつつ》の階段の途中に佇んでいる。

「面倒だなあ」ぼくは思う。ぼくは、つい面倒だなあと思ってしまう。

ぼくは、ぼくの耳、ぼくの眼、ぼくの口、指、膝、踝があることを認める。ぼくの意識は、小刻みに膨張と収縮を繰り返すぼくの胸を、ぼくの六十八キログラムの肉を繋ぎ止めている肩と背骨と尻を、理解する。ぼくはぼくをぼんやり受け止めている。どうすればいいのか。ここか、向こうか。あれか、これか。どちらでもいいのではないか。ぼくは決断がつかない。ぼくの意識はぼくの肉体をぐんにゃりとベッドに投げ捨てたままにしている。

「おかああああああああああああ」

天井に張り付いた蛍光灯の豆電球が闇の黒さに拮抗して橙の光を絞り出している。右腕の傍に広い机がある。机の上には大学時代から使っているラジオがあり、半年前に買ったパーソナルコンピューターがあり、ファックスの送受信もできる電話機がある。

「ちゃんだよおおおおおおおお」

部屋の壁には友人の画家が畳二枚ほどの大きさの画布に描いた、年老いた巨大な榕樹《がじまる》の絵が寄り掛かっている。榕樹は白い斑点が付いた根っこを剥き出しにしている。根っこは盛り上がったり縮んだり捩れたりしながら赤い大地を抱きかかえている。榕樹の枝は這うように低く横に広がっている。豪雨のように茶色の気根《きこん》が垂れ下がっている。気根が土に辿り着き、白い太い幹に変貌して枝を支えている。

「おかあああちゃんだよおおおお」

母が呼んでいる。母が呼んでいる。母の声だ。母が呼んでいたんだ。よく考えてみるとぼくは受話器を握っている。

「ああ、お母ちゃん」ぼくは呂律の回らない舌で応答する。何時になるのだろう。目覚し時計を手繰り寄せる。夜中の十二時三十分だ。こんな遅く、どうしたんだろう。母から深夜、電話を貰ったことはない。

「アラシねえ?」母が確かめる。

「ああ、ぼく」ぼくは覚醒に向かって現《うつつ》の階段を駆け上がる。

「だあ、あんたは受話器は取っているんだけど、長いこと、返事をしないで黙っているから……。眠っているのかなあと思って、ずっと呼び掛けていたわけさあ」

「ああ、眠っていた」ぼくは正直に告げる。

「だあ、悪いけど起きてよ」母は緊急な用件があるという感じではない。大学生の友人同士が格別、用もないのに深夜の電話を交わしているという雰囲気だ。

「とう、起きたさあ」ぼくは覚醒したことを宣言する。

「正気に戻ったねえ?」

「あい、もともと正気さあ」

「そうかねえ？　だあ、あんた、最近、だるそうな顔をして、ぼんやりしているよお」

「大丈夫よお。少し疲れているだけさあ」

「健康第一、仕事は第二だよお」

「ありがとう、お母ちゃん」

「アラシ、死ぬなよ」母は唐突に叫んだ。

「あい、お母ちゃん、突然、なに言うわけ？」

「なんか、だあ、あんたが死ぬんじゃあないかと思ったからさあ」

「あっさ、ぼくは死なないよお」突拍子もないことを言う母だ。ぼくは苦笑しながら答える。

母はなかなか本論に入らない。ひょっとすると本論は無いのかも知れない。夜中、寂しくなって息子の声が聞きたくなったというのが動機か。いや、十時になると床に入る母が、十二時過ぎてまで起きているとは何か事件が勃発したのだ。

「お母ちゃん、どうしたわけ？　だあ、こんな時間に」ぼくから切り出してみた。「夜中の十二時半だよお」母は何か言いにくいことを抱えているのかも知れない。

「あい、十二時過ぎてるわけ？　ごめんねえ、こんな遅い時間に。アラシ、だあ、お母ちゃんはねえ、実は瑠璃ちゃんの家にいるのよ」

話題が変わった。本論に入ったか。瑠璃ちゃんとは母の妹の名前だ。小学校を一つ挟んで叔母は東側、母は西側に住んでいる。母と瑠璃ちゃん叔母との間で揉め事が起きたのか。しかし真夜中だ。

「瑠璃ちゃん叔母さんの家にいるわけ？　今ねえ？」

「そう、今よお」

ぼくは母と離れて桃玉那《ももたまな》に住んでいる。桃玉那というのは土地の名前だ。新興住宅街だ。

「瑠璃ちゃんの家にいるんだけどねえ。だあ、瑠璃ちゃんがいないのよお、アラシ」

先ほどまで息子を叱咤激励していた母親とは思えないような、か細い、弱弱しい声になっている。「瑠璃ちゃんがいないのよお」母の声が機械によって圧縮され変形させられた音で聞こえて来る。「美武田原《みんたばる》の家に帰りたいのよお。だあ、あんた、車を出してお母ちゃんを迎えに来てくれないかねえ？」

母の家は美武田原にある。美武田原は古くからある土地の名前だ。過疎化していて年配の人々が多く住んでいる。母がひとり住まいだ。美武田原はぼくが生まれた場所であり、ぼくが十九歳まで育った場所だ。小高い丘陵地帯だ。

母の家は鉄筋コンクリートの一階建てだ。古い建物だ。四十年前に塗ってあった肌色のペンキは跡形も無く剥げ落ちている。屋上から流れ落ちた水の跡が黒い染みを作っている。コンクリートが風化してあちらこちら赤茶けた鉄筋が露出している。ブロック塀で周りを取り囲んでいる。ブロック塀の入口には鉄パイプの門扉を設けている。

玄関を入ると六畳の広さの応接間がある。南側の一番いい場所に陣取っている。応接間の天井には雨漏りの跡があり、貼り付けた二十センチ四方の化粧板が波を描いて撓《たわ》んでいる。応接間は庭に面している。池があり、池の向こうには巨大な榕樹《がじまる》が生えている。応接間の左側に三畳の部屋がある。三畳の奥に約三メートルの幅、約五メートルの長さの板敷きの部屋がある。この部屋には高さが一メートル八十、幅も一メートル八十、深さが五十センチの大きさの黒い仏壇がある。応接間の右側が居間である。六畳の部屋だ。天井には雨漏りの染みがあり、黴が生えている。この六畳の部屋にも大きな仏壇がある。ここの仏壇は家屋を作る段階から建物に嵌め込まれており、家屋の一部分だ。仏壇は薄茶色のニスを塗ってある。トイレが玄関の右側にある。トイレの隣りが台所だ。北向きである。板敷きで細長く三畳ほどである。食事をする空間はない。台所を突っ切って奥に行くと手前に風呂場がある。右の奥、北西の方向に四畳半の部屋があり、壁には赤ん坊が誕生した時に親類や友人に配る命名の短冊がびっしり貼られてある。短冊には赤ん坊の名前と生年月日が書かれてあり、松や鶴や梅の小さな絵が入っている。短冊は三百、四百、五百もあり、古いものは茶色く焼けており文字は消えている。奥の左、西側に四畳半の部屋がある。

母の家と瑠璃ちゃん叔母の家は健康な大人の足で十五分、母の足では三、四十分、離れている。

母は膝と腰が悪くて、立ったり坐ったり歩いたりするのが苦しい。ぼくは週三回、火曜日、木曜日、日曜日、の朝、美武田原《みんたばる》に行く。ぼくは母のために朝食を作り、洗濯機を回し、部屋の掃除をし、皿洗いをする。洗濯物を干す。昼と夜、あるいはぼくが来ない日は母が自分で家事をこなす。

ぼくは小学生と中学生向けの進学塾に勤めている。昼の三時に出勤し、夜十時半に戻る。職場の子供たちは静かに小声で話すことはない。わけもなく大声で喚く。しかも早口だ。ぼくは子供たちが言っている事の二、三割は解読できない。子供たちはゆっくり歩かない。廊下や教室を意味もなく走る。円を作ってぐるぐる回って走るが、しかし眩暈することはない。子供たちは力が有り余っている。空《から》元気でも出して虚勢を張っていないと子供たちに突き飛ばされてしまう。

ぼくは長い間、娘と二人暮しだった。娘が東京に行ってからはひとり住まいだ。娘は大学に通っている。

母は瑠璃ちゃん叔母の家にいるが、叔母はいない。こんな夜中に年老いた姉を置いてどこに出かけたのだろう。外出する用件がありうるだろうか。叔母も母も酒は飲まないし、煙草も吸わない。酒や氷や摘《つま》みや煙草を買いに出ることはない。ひとりで叔母の家にいるというのは分かりにくい。

「お母ちゃん、瑠璃ちゃん叔母さんは、だあ、どこに行ったわけ?」行き先が分かれば対処の方法がある。

「分からんさあ」

「分からん？」ぼくは状況を摑むことができない。ぼくは焦る。「寝てしまったんじゃないわけ？」

「寝てないよお」

「瑠璃ちゃん叔母さんは、何時ごろからいないわけ？」

「分からないさあ。気が付いたら、あい、あい、あい、いないねえ、と思ったわけよお。だあ、どうしようかねえ、外は真っ暗だし、十二時過ぎているし、困ったねえ、と思っているわけさあ」

叔母は寝てない。外出したようである。行き先は分からない。

母の家の庭には巨大な榕樹《がじまる》が生えている。ぼくの部屋の絵の榕樹によく似ている。大人が三、四人で手を繫いで抱きかかえるほどの榕樹だ。天空へ五、六メートル、横へ十二、三メートルも延びている。羊歯《しだ》や赤木が寄生している。太い根が土から浮いては沈み、沈んでは浮いて地面を這っている。茶色の気根《きこん》が何千何万と垂れている。地面に向かう先頭の若い気根は金色に光っている。枝の近くの気根は灰色に変色し太い枝になりつつある。地面に届いている気根もあって、四方八方に低く延びた枝を突っかい棒になって支えている。幹に変貌した気根もある。葉は濃い緑色だ。厚くて楕円の形をしている。枝には丸い赤い実を付けている。赤い実は紫色に熟れて庭に池に屋根に落ちる。

日が暮れると榕樹には蛾のような小さな蝙蝠《こうもり》の群れが集まる。アルファベットのWを描いたり、逆にMを描いたり、あるいは突然、失速して落下したり、再び浮上したりして飛んでいる。

「書き置きはないわけ?」

ぼくは思う。叔母は母が寝ている間に急用が出来た。母を起こすに忍びないと考えて外出した。行き先、用件、帰る時間、あるいは帰らないことを紙に書いて食卓の上に置いた。

「だあ、書き置きはないさあ」母は自信に満ちあふれて断言する。

「瑠璃ちゃん叔母さんは、いつからいないわけ?」ぼくはもう一度、同じ質問をした。

「分からんさあ。だあ、気が付いてみるといなくなっていたさあ」

母の住んでいる美武田原からは楚我《そが》川が見下ろせる。

昨日、楚我川の河口にはラワンの原木が針金に繋がれて浮いていた。ラワンは直径一メートルから一メートル五十センチあり、長さが五メートルから八メートルある。何千本も何万本も繋がれていた。ぼくたちはラワンの上で魚釣りをしたり蟹の罠を仕掛けたり鬼ごっこをしたりして遊んだ。ときどき子供が溺れて死んだ。今日、ラワンはない。両岸にはセメントのブロックで固めた堤がある。金網で囲ってあって立ち入ることができない。魚も蟹もいない。子供たちもいない。

美武田原からは軍港を見下ろすこともできる。港は金網で囲ってある。港には巨大な島のような灰色の原子力潜水艦が出入りする。埠頭には迷彩を施したジープや水陸両用自動車やガソリン缶が並べられている。港の入口ではカービン銃を持ったアメリカ兵が見張っている。金網の近くには獰猛な軍用犬を放ってある。夜になると港には橙色の明かりが点滅する。

叔母の書き置きもない。いつからいないのか分からない。電話線の向こうにいる母の気配に注目すると、助けを求めるか細い声がいつしか情感のない一本調子の声に変わっている。母は平然と答える。平然としているのが異様だ。真夜中、理由も分からずに、ひとり、妹の家にいる。いつの間にか、妹がいなくなっている。なぜ平然としていられるのだ。なぜ動揺しないのだ。動揺して欲しい。動揺すれば意味付けが少しはできる。母の声に抑揚や緩急や彩りがない。「アラシ、死ぬなよ」と息子を鼓舞した勢いも力もない。何か瑠璃ちゃん叔母に突発の事件が起きて、例えば心臓とか胃とか腸に激痛が走って、母を家に残したまま救急車で病院に向かったということか。いや、そうではない。もし叔母が救急車に担ぎ込まれたならば身内だということで母は付き添って、一緒に乗り込むはずだ。

しかし、おかしい。叔母は沈着な人だ。深夜、叔母が母を置いたまま出掛けるはずはない。もし出掛けるような緊急な事件が起こったならば叔母からぼくに前もって連絡があるはずだ。ぼくは疑う。ひょっとしたら母は真っ当に美武田原《みんたばる》の母の家にいるのではないか。母は、ほうけたのではないか。ぼくの疑いは肥大する。母は美武田原の家にいる。母は自分がどこにいるのか分からない。母の神経が壊れた。だが、そのようなことがあるのか。いや、そのようなことがある。雷がぼくの頭を撃ち砕く。母がほうけた。

「お母ちゃん、大きな仏壇がないねえ?」

瑠璃ちゃん叔母の家には仏壇はない。母の家には仏壇がある。

「だあ、お母ちゃんの目の前は壁だよお」

「お母ちゃん。じゅ、じゅ、受話器を置いてみて。そして、う、う、後ろを振り返ってみて」

ぼくは吃音になり、早口になっている。

「だあ、ないよお」母は受話器を置かず、また振り返って確かめることもしないで、ぶっきらぼうに撥ね付けているようすである。

「お母ちゃん、とう、確かめてみよう。お母ちゃんが言うように仏壇はないかも知れないさあね。しかし、だあ、ひょっとすると、あるかも知れないさあ」ぼくは自分自身を宥める。同時に母を宥める。大切なことはどのような事態に陥っても冷静であることだ。

「だあ、どうすればいいわけ？」

「まず受話器を置くわけよ」

「受話器を置く」母はぼくの言葉を反芻する。

「次に後ろの右側を見るわけさあ。仏壇があるかどうか見るのよ」

ことっと受話器を置く音がした。

「あいなあ、ありよったさあ」母は受話器を取り直して少し情感を取り戻した声で言った。

母は叔母の家にひとり取り残されたのではなく、美武田原の自分の家にいる。母はほうけたのだ。母は自分の居場所が分からない。

「お母ちゃん。お母ちゃんが今いる所は美武田原のお母ちゃんの家なんだよ。とう、何も心配することはないよお」

「そうかねえ。だあ、心配だよ。家に帰りたいわけさあ」

抑揚も緩急もない平板な声が、いまは困惑して訴える、情感の籠った声になっている。

しかし母は自分の家にいることが認識できない。

「お母ちゃん。もう一度、受話器を置いて仏壇の扉を開けてごらん。左側に死んだ、お父ちゃんの写真が飾られているよお」父の写真を見よという指示がこの場においてどのような意味を持つのか、ぼくは頭の中で一度確かめることもしないで苦し紛れに言葉を発してしまった。

母は受話器を置く。時間を掛けてゆっくり立ち上がるようすである。足を引き摺って歩く。仏壇の扉が木を擦る音がする。母がゆっくり戻って来る。

「あい、お父ちゃん、死んだわけ?」

母は自分の所在が分からないだけでない。記憶も欠落させている。人の生死、それも自分の夫が死んだという重要な事件の記憶が欠落することがあるのだろうか。温もりが体から次第次第に消えていく父。両手を紐で縛られ柩に入れられた父。呼び掛けても応答しない父。火葬場で点火ボタンを押した母。粉々に砕けた骨と灰になって出て来た父の残骸。

「死んださあ。心筋梗塞を起こして救急車を呼んだけど、だあ、間に合わなかったさあ」

「ほんとうねえ? お母ちゃんはすっかり頭が悪くなってしまったさあ。ごめんねえ、アラシ。だあ、覚えてないよお。あいなあ、あいなあ、あいなあ、お父ちゃんが死んだことを忘れているさあ」ぼくは母を責めるつもりはなかった。しかし母は息子に難詰されたと感じたのかもしれない。

「きょうはちょっと体調が悪いだけさあ」ぼくは努めて穏やかにゆったりした話し方を心掛けて母を宥めた。

「だあ、どうすればいいのかねえ。お母ちゃん、頭が悪くなってしまったさあ」母は嘆いて涙声になる。

「今晩寝れば明日はすっきりするさあ」

「そうかねえ。自信ないよお」

「大丈夫よお。なんでもない。明日になれば自分がちゃんと美武田原の家にいることが分かるさあ。そしてお父ちゃんが死んだことを思い出せるよお」

「自転車に乗っている子供は誰ねえ？」仏壇の右側にぼくの弟タッチューの写真がある。

「タッチューさあ」

「タッチュー？　誰ねえ？」

「お母ちゃんの息子さあ。ぼくの弟だよお」

「あい、あい、あい、泣き虫タッチューねえ。うん、お母ちゃんの子供さあ」

「思い出したねえ？」

「思い出したよお」夫の死は全く忘れているが息子の死はぼんやり記憶している。

「よかったさあ」ぼくは少し安堵する。

「タッチューは大和《やまと》で大学に通っているんじゃあないわけ？」ああ、駄目だ。タッチューが死んだことを覚えていない。それだけではない。母は過ぎ去った膨大な時間に気付いていない。それとも東京の大学に通っているぼくの娘と混同しているのか。

「何言っているわけ？　お母ちゃん、タッチューはハブに咬まれて死んださあ。遊園地の崖の下で遊んでいる時に。タッチューは小学生だよ。中学校にも行かないで死んださあ。だあ、タッチューが死んで三十八年になるよお」ぼくは思わず母に抗議するような口調になったのかも知れない。

「いえっー、アラシ。お母ちゃんを怒らないで。お母ちゃんは頭が悪くなってしまったんだよ。だあ、好きで、こうなったんではないんだよ。お母ちゃんを責めないで。お母ちゃんは、お母ちゃんは……」母が泣いている。

「ごめん、お母ちゃん。大きな声を出してしまったねえ。そうさあ。お母ちゃんの言う通りさあ。お母ちゃんは悪くないよお」

「ありがとうねえ、アラシ。あんたはお母ちゃんを庇ってくれるわけねえ。嬉しいさあ」方針を転換する必要がある。話を打ち切って母を寝かそう。「ぼくは朝早く起きて、美武田原に行くから、だあ、きょうはもう寝よう」

「分かった。もう寝るさあ」母はあっさり引き下がった。

翌朝のことだ。

ぼくはいつもより一時間も早く桃玉那《ももたまな》を出発して美武田原《みんたばる》に着いた。

「おはよう、お母ちゃん。どうねえ？　気分は？」

ぼくは母の不調が続いているか、ようすを窺う。顔色は赤味を帯びており悪くない。母は視線を合わせて、

「あい、あい、あい、珍しい挨拶をするねえ、この子は」にこやかな表情で、「病人扱いしないでよお。いつもと変わりないさあ」

ひと晩寝たので尋常な神経に戻ったのかも知れない。しかし油断はならない。大切なことは安心し切ってしまわないことだ。

食卓に母の好きな奈良漬を小皿一杯出して、豆腐の入った石蓴《あおさ》のおつゆとキャベツ、人参、玉葱の入った野菜炒めを作った。

「アラシ、この野菜炒め、薄味でいいねえ」母は会話を好調に滑り出す。的確な主題だ。

「そうねえ？」

「あんたは長い間、大和《やまと》にいたから薄味になったねえ」

「そうかも知れないねえ」ぼくは気持ちが軽くなった。母は快調だ。

「ぼくが小さいころは味噌汁にラードが浮いていたねえ」

「ラードを浮かしたさあ」母は過去の食生活の風習も記憶している。

「ラードの入った壺に指を突っ込んで、白い塊をこっそり舐めたこともあったよお」

「そうかねえ、お母ちゃんは気付かなかったさあ」と母は言いながら人参を食べ、キャベツを食べ、玉葱を食べている。少し生煮えの玉葱が母の皿に入っている。

応接間の柱時計が八回、ぼん、ぼん、ぼん、ぼん、と鐘を打って八時を知らせた。箱の長さが一メートル、長針が十センチ、短針が七センチある柱時計だ。四十年前、新築祝いに父の職場の職員一同から贈られた物だ。低い太い音で鐘を打つ。鐘と鐘の間が二秒ほど空く。二週間に一度、母が螺子を巻いている。

台所にも柱時計がある。台所の柱時計の箱の長さは四十センチに少し足りない。文字盤の白いペンキはほとんど剥げ落ちて、あちこちまだらに残っているだけだ。この家ができる前からあったので、もうすでに半世紀、鐘を打ち続けていることになる。高い音だ。打つ直前に、じ、じ、じ、じ、と螺子巻きをするような準備運動がある。この時計の螺子巻きも母の仕事だ。

台所の柱時計が、じ、じ、じ、じ、と螺子巻きをするかのような音を立てた後、ぼん、ぼん、ぼん、と打ち付けて八時を知らせた。

奥の右側の部屋で守宮《やもり》が、ちょっ、ちょっ、ちょっ、と鳴いた。

「ごめん。だあ、煮えてない玉葱があるさあ。煮えてないのは食べないでねえ」ぼくが注意する。

「大丈夫よお、玉葱は好きだから。それに、だあ」母は奈良漬と交互に野菜炒めを食べながら言う。「息子が作ってくれた食事だと思うとありがたくておいしいさあ」

「ありがとう。でも、だあ、無理しなくてもいいよお。失敗は失敗さあ」

「野菜炒めの味付けは何を使って、やったわけ?」

母の会話は主題に沿って展開している。声に抑揚や彩りや流れがある。感情の起伏がある。ひと晩寝たので尋常なリズムを回復したのかも知れない。

「唐辛子さあ」ぼくは流しの下の戸棚から唐辛子が入った瓶を取って来て、食卓に置いた。唐辛子を泡盛に漬けた香辛料だ。

「あい、アラシが作った香辛料だねえ」ぼくが作った唐辛子のことまで覚えている。「アラシは料理を作る時、化学調味料は入れないわけ？」

「んんん、化学調味料は使わないよお」

「そうねえ、使わないで味が出せるんだねえ。アラシは料理が上手さあ」

「ありがとう。お母ちゃんだけさあ、褒めてくれるのは」

「あい、アジアは褒めてくれなかったわけ？」

母はぼくの娘の名前を言った。ぼくに娘がいること、しかも名前がアジアであることを記憶している。ここまで来れば安心していいだろうか。昨晩、混乱した母と同じ母とは思えない。

「アジアは褒めないよお。お父ちゃんの料理はおいしくない、もっと工夫しなさい、料理の本を読んで研究しなさいって非難されたさあ」

「あい、アジアはそんなきついことを言うわけ？」

「言うよお」

「で、あんたは工夫したり、本を読んで研究したわけ？」

「いいや。文句を言うなら、あんた作りなさい、ぼくは後片付けをする、と宣言したわけ」

「したら？」

「したら、いいよ、私が作る、お父ちゃんは皿洗いをしなさい、と言って実行しよった」

「アジアの腕はどうだったわけ？」

「じょうずだったさあ。おいしかったよお。料理の本を買って来て食卓に本を広げながら、本で確かめながら、しかし、てきぱきと短い時間で作りよった。新聞の切り抜きを見ながら作ることもあったさあ。珍しい材料を使ったりしよった」

「たいしたもんだねえ」

「たいしたもんだよ」

「高校生は弁当が要るよねえ？」

「要るよお」母はよく覚えている。ぼくは感心する。ここまで来ればきょうは安全ではないか。

「じゃあ、弁当もアジアが作ったわけ？」

「作りよった」

「三年間？」

「三年間」

今朝の母は話題が逸れずに真っ当に交流できる。記憶の箱の中から適切に資料を取り出すことができる。昨晩はたまたま不調だったがきょうは尋常な軌道を生きているということか。

「アジアが東京に行ってからは、だあ、あんたは自分で作って食べているわけ？」母はアジアが東京にいることも記憶している。母はこんなにも健康だ。もしかすると母が乱調だったというぼくの記憶が間違っているということはないか。

「いいや、自分では作らないさあ」

「食堂で食べるわけ？」

「ほとんどね」

娘が高校を卒業して東京へ出て行ってあとからは、ぼくは大抵、らうむ・ぴーちぼーるで食べている。らうむ・ぴーちぼーるは四人掛けのテーブルが五つ並んでいる。昼の十一時半から一時過ぎ、夕方の六時から八時、の時間帯は混雑する。テーブルとテーブルの間や通路に席が空くのを次ぎの客が立って待っている。坐って食べている客のすぐそばで待っている。メニューはふんだんにある。壁に紙をびっしり詰めて貼ってある。食事を終ったらゆっくりお茶を啜る時間はない。給仕係が盆を引っ手繰るようにして片付ける。そばに立っていた客がすかさず坐る。立っている間に注文を決めておく必要がある。客が坐るや否や、「なんにするねえ?」と聞き、即答しないとすぐ去ってしまう。友人と来ても同じテーブルに坐ることはできない。皆、見知らぬ他人と同席している。誰も挨拶したり、口をきいたりしない。黙々と食べている。

「あっさ、自分で作ればいいのに」

「いいや。難儀さあ」

なんで母はこんなにもあっけらかんとして健やかなのだろうか。ぼくが夢を見た可能性はないか。生活が少しずつ困難になる母を心配する余り、ほうけた母を夢想したということはないか。

「あんたはお母ちゃんのために休みの日に雲呑《わんたん》や餃子をたくさん作っておいて冷凍庫に入れておいてくれているさあ。桃玉那《ももたまな》のあんたの冷凍庫に分けて持って行ったらどううね? え?」母は奈良漬とライスを交互に食べながら言う。

「だあ、疲れるわけよお」

「なんで、なにが疲れるわけ？」

「食事を作ると、だあ、ガステーブルや台所の周りがべとべとになるし、後片付けが億劫さあ。汚れた食器は流しに積み重ねて置く。食器棚からまだ使ってない食器を取り出す。持っている食器を全部使い切ってから何週間振りに洗う。そういう暮らしかたになってしまうわけよお。だから、作らないほうが心も軽くていい気分さあ」

最近は重苦しい夢をよく見る。ぼくは夢から現《うつつ》へ戻る階段の途中で長い時間、煩悶して蹲《うずくま》っている。昨晩の体験が真実、存在したのか、ぼくは不安になる。

「あっさ、この子よお。流しに食器を放っておくと黴が生えないわけ？」

「生えるさあ」

体験を疑い始めるとぼくは自信がなくなってくる。ぼくが真実で母は虚妄であると決めつけることはできないのではないか。むしろ母は正常で、ぼくが壊れているのではないか。

「汚いねえ。食べ終わったら、その都度、洗えばいいのによお」母はおつゆを飲み干して言った。「だあ、美武田原《みんたばる》では食後すぐ洗うのに」

「あっさ、お母ちゃんよお。美武田原だからさぁ。自分の台所ではやりたくないよお。アジアもいないし、誰も怠惰で不潔なぼくを非難しないさぁ」ぼくもおつゆを飲み干した。奈良漬の欠片をみっつ同時に食べた。「昼食が済んだら、だあ、出勤のことが気になって落ち着かないし、夕食を食べ終わったら、だあ、疲れ切っているし……」

「あっさ、アラシ、あんたは生きる逞しさに欠けるさぁ」

「そうかねえ」

「小さい時からそうだったよ」

「疲れやすい体質だというだけの話ではないの?」

ぼくの記憶が正しいとすればきょうの母は昨晩とは違う。大丈夫だ。昨晩の話を持ち出しても崩れることはないだろう。ぼくの体験が夢だったか現《うつつ》だったか確かめることが許されるだろう。

「お母ちゃん、あっさ、昨日は動顚したよ」ぼくはぼくの記憶に基づいて、恐る恐る切り出してみる。

「あい、何がねえ?」母はにこやかに聞く。母は覚えてないのかも知れない。あるいはぼくの体験が存在しない虚妄として否定されるのかも知れない。

「あっさ、瑠璃ちゃん叔母さんの家にいるから迎えに来てくれという電話さあ」ぼくはぼくの記憶を押し通してみる。

「あいなあ、あれのことねえ?」母はぼくの記憶に連結して反応する。ぼくの体験は真実であったか。

「覚えているわけ?」

「覚えているさあ」母は残り少なくなった御飯茶碗のライスを真ん中に掻き集めながら「だあ、ちょっとアラシをからかってみたわけさあ」

ぼくは正しかった。母の乱調は夢ではなかった。ぼくは安心する。

「あい? からかったわけ?」ぼくは緊張がどんどん緩んでいく。

「そうさあ。演技さあ」

「演技?」

「演技よお。演技さあ」

「あっさ、嘘でしょう?」

「あい、嘘じゃないよお。本当さあ」母は奈良漬をぱくぱく食べて平然と答える。「自分が美武田原《みんたばる》にいることは分かっているさあ。お父ちゃんが心筋梗塞で死んだのも、タッチューが死んだのも覚えているさあ」

そうだろうか。しかし尋常だったということを額面通り受け取ってはいけない。序盤と中盤は壊れていたが終盤になって正気に戻った可能性がある。あるいは昨晩は閉幕まで壊れていたが今朝になって回想し、状況を理解したという可能性がある。ぼくに心配を掛けまいと思って演技であったと言っているか。母は痴呆が始まったことに驚愕して断固として認めまいとしているか。

「あっさ、お母ちゃん、悪い冗談だよお。生真面目な息子をからかわないで。だあ、てっきり痴呆が始まったと思って動顛したさあ」ぼくは演技だったと言う母の釈明を受け入れた振りをした。

「ごめん。悪かったさあ」母は箸を置いて、両手を合わせ、ぼくを拝む仕草をしながら「だあ、野菜炒め、少し残してもいいよねえ?」と言った。

「とう、とう、とう、食事は終わりにしよう」ぼくは立ち上がって食器を流しに運ぶ。

よく分からないが油断してはいけない。母の言う通りかも知れないし、違うかも知れない。ひとまず解決を後回しにしよう。大切なことは焦らないことだ。

「あい、お母ちゃん、蚊がいるよお」きのうの話はもう打ち切りにしよう。

「あっさ、まさかあ、二月だよお」母は信じない。

「あい、お母ちゃん、沖縄は冬でも蚊がいるんだよお」ぼくは反論する。

「そうかねえ。聞いたことがないよお」

「あね、あね、あね、刺されたさあ」ぼくは右足の甲を見せる。三か所、刺されている。赤く膨らんでいる。

「ほんとだねえ。あっさ、蚊がいるんだねえ」

「だあ、庭に池があるし、鬱蒼と繁っている榕樹《がじまる》があるし、冬でも靴下を履かずに暮らせる温かさだし……」

「炬燵もストーブも要らないしねえ」いつの間にか母はぼくに同調している。

「蚊取り線香を点けるよお」

「いいよお」

「だあ、どこにあるわけ？」

「洗濯機の後ろさあ」

「マッチはどこねえ？」

「流しの下の棚にあるさあ」

ぼくはマッチで蚊取り線香に火を点ける。

「それにしても、だあ、刺される前に気付いてぱちっと叩き殺せないもんかねえ？」母はぼくをからかう。

「あっさ、そんなことはできんさあ」

「そうかねえ」

「たまに蚊が止まっていることを発見して殺せることはあるよお。だけど、だあ、肌の神経が蚊の針を感知して殺したのではないさあ。眼が偶然、見つけたにすぎないんだよお」

「お母ちゃんは眼を瞑っていても、あり、あり、あり、蚊が刺そうとしているなあって、お母ちゃんの肌が感じ取るよお」母は真顔で反論する。

「嘘さあ」ぼくは信じない。

「あい、あい、嘘じゃあないよお。お母ちゃんにはそういう能力が備わっているよお。だから、だあ、これまで一度も蚊に刺されたことはないさあ」そう言えば確かに母が蚊に刺されたという話を聞いたことがない。

「おかあちゃんは蚊に刺されない体質というだけの話さあ。だあ、お母ちゃんは真顔で冗談を言うからぼくは困惑するさあ。真夜中、演技をして息子に電話をする人だから」昨晩のことをつい蒸し返す。

「あい、あい、あい、あんたはまだ怒っているわけ？」

「もう怒ってはいないさあ。お母ちゃんの性格についてぼくとは波長が合わないと言っているだけさあ」

ぼくは立ち上がってガステーブルの火を点けて湯を沸かす。仏壇を覗く。父の写真が左側にあり、タッチューの写真が右側にある。花瓶の菊が枯れて凋んでいる。玄関の左側、奥の部屋に行く。黒い仏壇の戸を開けて花瓶を見る。菊が枯れて凋んでいる。

「あい、お母ちゃん、仏壇の花瓶の花が枯れているよお。だあ、奥の仏壇の花瓶も」

「そうねえ？」母は気にも留めない。

「ぼくが花を買って来るねえ？」

「んんん、いいよお。要らないよお」不断、母は仏壇に線香を点さない。茶や菓子や食事を供えることもしない。命日のために供え物をすることもない。しかし花瓶の花には愛着があるのか、この居間の仏壇にも応接間の左隣りの部屋の仏壇にも欠かさず活けていた。自分で近くの花屋に行って買っていた。

「ほんとうに花、要らないわけ？」母は花に執着していたのにどうしたのだろう。

「死んだ人のことはいいさあ。生きている人が大事だよ」

ぼくは茉莉花《まつりか》茶を淹れた。

「とう、とう、とう、アラシが淹れてくれるお茶は最高さあ。熱くて、苦めで。お母ちゃんの好みにぴったり合っているよお」母は機嫌がいい。「まるで、ほんとの親子みたいねえ」

「あっさ、お母ちゃん、また面白くも可笑しくもない冗談を言うさあ」

「アラシがマグカップにたっぷり入れてあるさあ。嬉しいねえ」面白くない冗談だと指摘するぼくの苦言は無視して母はマグカップの多量の茶を喜んでいる。

ぼくは茶碗を持ち上げて香りを嗅ぎながら「茉莉花茶は、いいよねえ。疲れた神経を宥めてくれるさあ」

「あい、あい、あい、疲れたアラシ。かわいそうに。あんまり頑張らないでよお」母は食卓の上のマグカップを両手で囲んで抱いている。

「よく眠れないわけさあ」ぼくは訴える。

「プールに行って泳いだらどうかねえ？　泳げば、いい気分転換になるんじゃないわけ？　心地よい疲れで眠れんかねえ」母が提案する。

「だあ、泳ぐと余計、疲れてしまうさあ。ここ二か月、行ってないよお」

二か月前までは週に一、二回、住んでいる桃玉那《ももたまな》のプールに泳ぎに行っていた。ぼくがプールに行くのは午前中だ。朝のプールは六十代七十代の男と女で満ち溢れている。貼り札が掲げられて「歩く」と「泳ぐ」に分けられている。六十代七十代の男と女は泳がない。「歩く」の場を占領している。水の中でひたすら歩いている。かれらは黙々と歩いている。誰も口をきかない。横三メートル、縦二十五メートルの長方形を描きながら時計と反対回りで歩く。かれらは思い思いに足を高く上げたり、腕を大きく振ったり、腰をくねらせたりする。後ろ向きに歩く人もいる。互いに関心を持たない。挨拶を交わすこともないし、会話することもない。見知らぬ人同士で群れを作り、同じ方向に進んでいる。ぼくは「泳ぐ」の場に入る。たいてい誰もいない。ぼくひとりだ。ぼくは平泳ぎでゆっくり泳ぐ。平泳ぎと言っても顔は水に漬けずに絶えず上げている。百メートルか二百メートル泳いで休む。休んで後、また百メートル二百メートル泳ぐ。休む。泳ぐ。体が重たかったり、だるかったりすれば千メートルで終る。快調な日は二千メートル泳ぐ。

「だあ、美武田原《みんたばる》に来るのを少し減らすねえ？　週二回に。例えば木曜日と日曜日にするわけさあ。あるいは思い切って日曜日だけにするわけさあ」母はぼくを気遣う。

「美武田原の疲れじゃあないわけよ。だあ、ぼくはお母ちゃんと会うのが楽しみだし、美武田原に行くということがぼくの生活の支えになってるわけさあ」

「無理しなくてもいいよ。とう、考えておいて」

「分かったさあ。考えておくよ」

「だあ、アラシ、さっきから思っていたんだけど、あんた、顔が青白いよお」

「そうねえ？　自分の顔、知らないさあ」

「あっさ、髭を剃る時に顔を見ないわけ？」

「見ないよお」

「あい、なんでねえ？」

「自分の顔を見ると自分はどこにいるのか分からなくなって不安になってしまうわけよお。意識が自分なのか、肉体が自分なのか、迷ってしまう」

「あっさ、この子よお。あんたは、そこにいるよお。あんたがあんたさあ」

「お母ちゃん、そんな簡単な話じゃあないわけさあ」

「あい、ものごとは簡単に考えないと神経が壊れてしまうよお」

台所で守宮《やもり》が、ちょっ、ちょっ、ちょっ、ちょっ、と鳴いた。

「お母ちゃん。ぼくは、お母ちゃんのおっぱいを吸ったねえ？」ぼくは茶を飲み干して聞く。

「あい、あい、あい、なんで、突然そんな可愛い質問をするわけ？」

「ときどき、わけもなく不安になる時があるんだよ。夜中、ふと目覚めた時なんかさあ。ぼくは偶然に生まれたんだ。何千年、何万年の宇宙の巨大な流れの中で人間の体を借りて、単なる意識のアメーバとして存在するのではないか。意味もなく存在して、意味もなく消えるのではないかと辛くなるわけ。だあ、そんな時、なぜだか分からないが、ぼくは、お母ちゃんのおっぱいを吸ったかなあって考えるわけさあ」

「ばかねえ、アラシ。あんたは、お母ちゃんのおっぱいをがぼがぼ吸ったさあ」

「ほんとうねえ？」

「ほんとうさあ。あんたは左手で、お母ちゃんの右の乳房をむんずと摑んで、だあ、あんたの右手でお母ちゃんの左の乳房を絞るようにして、ごくごくごくごくと飲んでいたさあ」

「そうかねえ？」ぼくは疑う。

「そうさあ。二歳の誕生日の前日まで飲んでいたよお」

「あっさ、お母ちゃん、覚えてないのよお。だあ、残念だねえ」ぼくはもどかしさで、胸がはち切れそうになる。「あいなあ、残念さあ。覚えてないのよお、お母ちゃん」

「あい、当たり前さあ。だあ、あんたは赤ちゃんだったんだのに」

「お母ちゃん。お母ちゃんの乳房をむんずと摑まえたという、この左手も、お母ちゃんの乳房を絞ったという、この右手も、がぼがぼ吸った、この唇も全く感触が残ってないさあ。だあ、覚えてないのよお。どうすればいいのかねえ。お母ちゃん、覚えてないわけさあ。どうすればいいのかねえ」ぼくの悲しみは募る。

応接間の柱時計が、ぼん、ぼん、ぼん、ぼん、ぼん、低く太い音で鐘を打ち始める。

「とう、とう、とう、九時になったねえ。朝食は済んだし、茉莉花茶《まつりか》は飲んだし……」母はぼくの訴えに取り合わない。「アラシ、ドライブに行かんねえ？　ドライブに出よう」母は方向転換を考えて力強く提案する。

ぼくはよく考えてみると、朝起きてからずっと、ぼくの頭が重たかったことに今はっきり気付いた。他人の頭を据え付けられているような違和感がある。首を支えている盆の窪辺りの骨が痛い。

ぼくの実感が正しいとすれば昨晩の母の不調を、母の発言が正しいとすれば母の演技を、ぼくの記憶から払い除けたい。乳房の話を聞いて却って辛くなった。

「どこにねえ？」ぼくは乳房の話にこだわらない振りをして母の提案に乗る意志表示をした。

「パラダイス・トゥウェンティワンに行きたいさあ」

母の口からパラダイス・トゥウェンティワンが出て来るとはびっくりだ。

台所の柱時計が、じ、じ、じ、じ、と螺子を巻くような音を立てた後、ぼん、ぼん、ぼん、と高い音で鐘を打ちつける。

「あい、お母ちゃん、そんな若向きの所に行ってどうするわけ?」

「行って、どうもしないさあ。ただの話の材料作りさあ」

母は次ぎの段階に企画を発展させて示威運動をする。よいこらせと掛け声を掛け、食卓の角を支えにして立ち上がる。着替えの服を探すために仏壇の脇の箪笥を開けながら「あんたは行ったことがあるわけ?」

「ないさあ」

「とう、とう、ちょうど、いいさあ。塾の子供たちにパラダイス・トゥウェンティワンに行ったよおって話をすれば喜ぶさあ」

「分かった。行こう」

行こうと叫んだがよく考えてみると道が正確には分からない。大丈夫だろうか、不安が掠める。ぼくはいつも躊躇してしまう。なんでもない。なんでもない。ぼくはぼくの不安を鎮圧する。

ぼくは出発する前にイメージ作りをした。ぼくの感覚に従うと美武田原《みんたばる》から南西の方角へ四十分だ。一戸建ての分譲住宅の群れがあって、しばらく走ると大きな三叉路にぶつかるだろう。左斜めに入るはずだ。千メートルほど走ると五つに分かれる交差点があるはずだ。右斜めに曲がる。公営団地がある。更に千メートル二千メートル行くと、しばらく中古車販売店の群れが続く。交差点が見えるだろう。左折する。十分、十五分、直進すると正面に小山を崩して造成した新興開発地「でいごまち」が現れるだろう。

「でいごまち」の中央部がパラダイス・トゥウェンティワンだ。数百台のスペースの駐車場がある。映画館、デパート、スーパーマーケット、レストラン、ハンバーガー屋、アイスクリーム屋、沖縄そば屋、日本蕎麦屋、喫茶店、洋装店、呉服屋、宝飾店、酒屋、靴屋、土産品店、本屋、画廊、ゲームセンター、……がくっ付いている。

美武田原を出発する。雨が降りそうだ。

ぼくたちは南へ向かう。あちこちに榕樹《がじまる》の巨木が生えている。道に覆い被さるようにして鬱蒼と繁った赤木の並木を通り抜ける。針のような葉っぱを付けて天空に伸びる木麻黄《もくまおう》の林がある。福木に囲まれた赤瓦葺きの屋敷がある。琉球松が数本立っている丘が遠くに見える。琉球松は数本とも赤く枯れている。巨大な亀の形をした墓がある。

黄色い大きな乗用車がぱあぷうぱあぷうとクラクションを撒き散らしながらぼくたちを追い抜く。

「アラシ、スピードを上げなさい」ぼくたちを追い抜く車に母は我慢ならない。

「あい、お母ちゃん、ここは制限速度が四十キロだよお」

「だあ、アラシ。あんたは、スピードいくら出しているわけ？」

「五十さあ。十、オーバーしているよお。これ以上、出すと捕まるよお」

「パトカー、いないよお」

「パトカーの形をしてなくて、ありふれた乗用車の恰好で突然、屋根から警告灯を出してサイレンを鳴らす覆面パトカーもいるよお」

「あい、そうねえ。狡《ずる》いねえ」

若い男女が乗った白いスポーツカーがぼくたちを追い抜く。

「あり、あり、あり、抜かれているよお。抜かれなさんな、アラシ。負けるな」母が張り切っている。

「お母ちゃんよお、カーレースじゃあないんだから、ゆっくり行こう」

「あんたは悔しくないわけ？」母はぼくを詰《なじ》る。

道の左右に庭付きの建て売り住宅が二百戸、三百戸と広がっている。アルファベットとアラビア数字を組み合わせた家屋番号が振られている。鉄筋コンクリートの平屋だ。どの家も屋根の上には宇宙基地のような球状の水タンクを載せている。

「お母ちゃん、こんなことで悔しがっても意味がないさあ」

「あんたは小さい時から戦う気概のない子だった」

「なにと戦うわけ？」

「あんたを恐がらせるものとだよ」

「お母ちゃん、小さい頃、ぼくは恐くなかったよお。今も恐いものはないさあ」

小雨が降って来る。ワイパーを弱めに回転させる。周りの風景が少し霞んで来る。車内のフロントガラスに水蒸気の靄が掛かる。クーラーを入れる。

「じゃあ、なんで、あんたは笑わないわけ?」じゃあ、という母の言葉の使い方が恐いものはなかったし、今もないという話の流れからして何か、しっくり来ないが、「可笑しくないからさあ」ぼくは答える。

公営団地がある。十階建てほどの高さで七、八棟ある。焦茶色のペンキを塗ってあり、天辺に避雷針が立っている。

「お母ちゃんは、だあ、あれこれ、いろいろ可笑しいさあ」母が弁明する。

「可笑しいと思ったら笑えばいいわけさあ」

「そうかねえ」

「そうさあ。自分に正直であることが大切だよ。周りに合わせる必要はないさあ」

道の左側に、オートバイ、自転車、洋服、靴、食器、家具、薬、花木、大工道具、パン、ドーナツ、菓子、アイスクリームなど生活を支えるあれこれの物品を販売する店舗が無数にあり、道の右側には、沖縄、日本、アメリカ、中国、朝鮮、ベトナム、タイ、フィリピン、インドネシア、……いろいろな地域の食堂や民芸店が雨に打たれながら寄り集まっている。

アメリカ人や中国人好みの中古家具店やアメリカ軍の払い下げの物品―上着、ズボン、靴、鞄、薬莢、飯盒、テント、毛布などを並べている商店街を通過する。

ここら辺は初めて訪れる場所であるはずだが以前に来たことがあるような奇妙な気持ちになる。ぼくは緊張する。

母が無口になる。母の顔が強張っている。

一戸建ての建て売り住宅が二百戸、三百戸と左右に現れる。

雨が大粒になる。ワイパーを「強」にする。夜のように暗くなる。ライトを付ける。アスファルトの上の白い車線が判別できない。ぼくは、ぐるぐる同じ所を回っている気がする。緊張が高まる。

車が通らない。人の姿も見えない。寒くなって来た。鳥肌が立っている。

「あっさ、アラシ、ここ通ったよお」母が断言する。

雨が激しくなる。大粒の雨が石飛礫《つぶて》のように車の屋根を叩く。道路に水が溜まって来た。

ぼくたちはすでにパラダイス・トゥウェンティワンへ行くという目的を放棄していた。

出発してから二時間半経って、やっと美武田原《みんたばる》に戻ることができた。

その日の夜だ。ぼくはもう桃玉那のぼくの部屋で、壁に立っている絵を見つめていた。畳二枚ほどある画布に巨大な榕樹《がじまる》が描かれている。絵の中の太陽は跳躍すれば手が届きそうな高さで大きな円を描いて金色の炎を燃やしている。榕樹の老木が赤い大地に覆い被さるように広がっている。肉厚の葉は濃い緑を分泌し、小さな卵形を作って密集して熱帯の日差しを遮っている。榕樹は豪雨のように気根《きこん》を垂らしている。地面に届いた気根は幹に変貌して榕樹を支えている。変貌した幹に更に気根が絡み付いて捩れながら地面へ地面へと向かっている。紫色の丸い実が降りしきっている。榕樹の灰色の根っこが何本も地面から浮き上がり、岩を抱きかかえて地面へ沈み、また地面へ浮き上がって、四方八方に伸びてうねっている。美武田原の母の家に生えている榕樹によく似ている。

ぼくは幼い頃のことを思い出した。

美武田原ではテントカバーを被せた板葺きの家やトタン葺きの家や茅葺きの家が赤い土に体を埋めていた。迷彩を施したアメリカの軍用機が海の向こうへ出撃し、戻り、また出撃した。女たち―母の伯叔母や母や瑠璃ちゃん叔母や母の従姉妹や又従姉妹たちは、戦争に行って戻らない夫や兄弟や息子の話を沖縄語で、ぼそぼそ、しゃべっていた。暴風雨がやって来て殴り付けた。アメリカの高等弁務官が布告を出し、布告を直し、布告を取り消し、更に布告を追加した。夕暮れには剃刀《かみそり》のような塩混じりの驟雨が襲った。驟雨が止むと赤い大地から水蒸気と地熱と草いきれが立ち昇った。蒸し暑くて眠れない夜は家々の床下の腐った土台から何千何万の白蟻が羽化して黒い空に舞い上がった。

その晩、ぼくは夢を見た。

那覇市の南西部にある那覇空港と那覇市の北西部にある首里《しゅり》を結ぶモノレールは半年あとに開通する予定であるにもかかわらず、夢の中では、すでに開通していた。ぼくはモノレールに乗っていた。車体に灰色のペンキを塗り、あずき色を帯状に塗ったモノレールはぎゅうぎゅう詰めに客を乗せて疾走していた。ぼくは周りから押されてペチャンコになりながら必死で吊皮に摑まっていた。黒いショルダーバッグを肩に掛けている。ぼくは吐き気を堪えていた。見知らぬ客たちは皆、青白い顔をしていた。モノレールの軌道は地上から数十メートルの高さに投げ渡してあった。鋼鉄の梁では土鳩たちがビニールや針金で巣を作っていた。駅には二百台三百台の自転車が捨てられて銀色に光っていた。ロータリーではトラックやタクシーやオートバイが押し合いへ圧し合いして擦れ合っていた。モノレールは右に左に激しく揺れていた。熱くどろどろに溶けたコールタールの匂いが微かに漂っていた。駅には停まらず素通りした。乗客たちは誰も抗議しなかった。モノレールはぐんぐん速度を上げた。ぼくの二、三メートル前で客が「うっ」と呻き声を上げた。続いて「おっ、おっ、うっ、うう、ううう」と悶えた。まもなく酢の匂いが車両を満たした。乗客たちは耐えていた。皆、疲労と諦念の底に沈殿していた。黒い羽に帯のように点点が入っている白帯揚羽がぼくの顔の周りを二匹、三匹、四匹、飛んだ。白帯揚羽の羽からは黒い鱗粉が零れた。白帯揚羽は三十四、五十四、八十四に増え、百匹、二百匹、三百匹になって、まもなく車両を満たした。

夢から覚めた。真夜中の二時だった。ぼくはモノレールに乗っていたかのようにぐったり疲れていた。熱い茉莉花茶《まつりか》を啜りながら、ぼくは部屋の壁に立ててある榕樹《がじまる》の絵を見つめていた。ぼくは自分の疲労を自分で宥めながら、母のことを考えた。母の精神は健康なのか。演技だったという発言を信じていいのか。母が不調だとしたら、ぼくは美武田原《みんたばる》に引っ越して母と一緒に暮らす必要があるのではないか。

その時、美武田原の母から電話が掛かってきた。

「アラシねえ？　お母ちゃんだよお」

「あい、お母ちゃん。こんな時間にどうしたわけ？」

「アラシ、お母ちゃんは、ねえ、仕事に出掛けたいわけさあ。だけど、だあ、鞄がないわけさあ」

ああ、やっぱり母は、ほうけている。演技だよと言っていたが、違うんだ。母は真っ当ではない。母は壊れている。

「だあ、どの部屋を探しても、どの押入れを開けてみても、鞄が見つからないのよお。鞄よお。お母ちゃんの鞄さあ」母は鞄に執着している。母は十八年間、小さな無尽会社に勤めていた。無尽会社での母の仕事は外務員だった。美武田原、嘉手川《かでかわ》、仲嶺《なかみね》、儀部《ぎぶ》、松木、新屋《しんや》、赤《あか》、真栄城《まえしろ》、……、あちこちに自分で客を作って日掛け預金を集めて歩く。夕方、会社に戻り、その日に集めた金を納める。

母は二十年ほど前、会社をやめた。母が言う鞄とは肩掛けの帯が付いている赤い豚皮の大きな仕事鞄のことだ。

ぼくは母の変調を確信した。もう、後で演技だったと言い逃れはできない。母はほうけている。どうしたらいいんだ。ぼくは今、何ができるのか。明日から何ができるのか。母はどこに行くのだろう。ぼくよ、落ち着きなさい、そして受け容れなさい。ぼくはぼくを励ます。なんでもない。大切なことは動かないことだ。

「お母ちゃん。だあ、お母ちゃんは十分働いたから、もう働かなくてもいいさあ。鞄を持って集金して歩かなくてもいいんだよお」

「あっさ、アラシ。お母ちゃんが働きに出なくて、だあ、あんたをどんなして大学行かすねえ?」

「ぼくは大学は終ったよお」

「いいや、あんたはまだ大学一年生さあ。あんたに送金する、あんたに学問させる、あんたを卒業させる、それを支えに、だあ、お母ちゃんは生きているんだよ。お母ちゃんは、だあ、学校、歩いてないさあねえ。この年になるまで、ずっと、それが悔しくてならなかったわけさあ。だあ、学問があれば、どんな困難に遭っても、事件の深い意味が摑めるさあ。どんな強い力に対しても、立ち向かってたたかうことができるさあ」

「お母ちゃん、ありがとうねえ。お母ちゃんが送金してくれたお蔭で、ぼくは大学を卒業したよお。大学は終ったさあ。ぼくはもう社会人だよ。社会人になっているよ。だあ、今、学習塾で働いているさあ。二十一になる娘もいるよ。アジアさあ。アジアが東京の大学に行ってるさあ。お母ちゃんの孫が大学に通う時代なんだよ。お母ちゃんの願いは、お母ちゃんからぼくへ、ぼくからぼくの娘へ、繋いで行っているよ。ぼくは立ち向かって行く。娘も立ち向かって行く。ぼくはお母ちゃんが働いてくれたお蔭で大学を卒業したよ。お母ちゃん、長い間ご苦労さまだったねえ。ありがとうねえ。もう仕事をしなくてもいいさあ」

ぼくは母を労《ねぎら》った。ぼくはほうけた母をいとおしいと思った。ほうけている、ほうけていない、にどのような意味があるだろうか。なんの意味もない。ほうけていいんだ。母は正しい。ぼくの眼から涙が溢れ出た。

「アラシ、お母ちゃんは仕事に出掛けたいわけさあ。鞄よお。鞄、知らないねえ？　だあ、お母ちゃんの赤い大きな鞄さあ。お金と帳簿を入れる豚皮の鞄。帳簿が入っているし、印鑑が入っているし、万年筆が入っている。アラシ、あれがないと出掛けられないわけさあ」

「知っているよ。ぼくが預かっているさあ。ぼくが持っているよお。明日、届けるから、きょうはもう寝よう。ぼくが預かっている」ぼくは母を宥めて「明日、朝七時に美武田原に届けるさあ。お母ちゃんの出勤に間に合うようにぼくは七時に着くさあ。とう、とう、とう、お母ちゃん、もう寝よう」


一時間あと、母からまた電話が掛かって来た。

「大雨だったねえ。風も強くて、あっさ、暴風のようだったさあ」母が言った。

「えっ、大雨ねえ？　暴風？　桃玉那《ももたまな》は降ってなかったさあ。だあ、風もないよお」

「あい、あい、あい、この子よお。桃玉那も豪雨だったってラジオが言ってたよお。桃玉那に落雷があって火事になったってよ」

「そうかねえ？　だあ、熟睡していたせいかねえ、雨が降っていたことさえ気付かなかったさあ。美武田原《みんたばる》の家は雨漏りしなかったねえ？」

「したさあ。あっさ、雨漏りだらけさあ。バケツをあちらこちらに置いたよ」

「小さい頃、滴を避けて寝床を移して、お母ちゃんにくっ付いて抱き合って寝たねえ」

「あい、あい、あい、小さい頃、なんて昔話のように言わんでよ。だあ、あんたは今さき、お母ちゃんと抱き合ったさあ?」

「えっ?」

「お母ちゃんの右の乳房をあんたは左手で揉みながら、あんたの右手はお母ちゃんの左の乳首を摘まんだり擦ったりして、ちゅうちゅう吸っていたさあ。あいなあ、お母ちゃんは嬉しかったよお。ありがとうねえ。極楽だったさあ。肩の凝りがどんどん消えて行くような気持ち良さだったよお」

「えっ? 今さき? 違うよねえ? おっぱいを飲んだというのは子供の頃の話さあ」

「あい、あい、あい、この子よお。あっさ、今さきさあ」

「まさかあ?」

「ほんとさあ」母は自信たっぷりに断言する。

「お母ちゃん、悪いけど、だあ、よく覚えてないさあ」ぼくは気弱になり、母の主張を受け容れる。

「あい、アラシ、あんた、ちょっと変だねえ。アラシ、あんた、今どこにいるつもりなわけ?」

「ぼくは桃玉那にいるさあ」

「あい、あい、あい、だあ、だあ、だあ、この子よお。なにをたわごと言ってるわけ？　あんたは美武田原にいるんだよ」

「違うさあ」ぼくは信じない。

「とう、とう、とう、この子は頑固だねえ」

「お母ちゃんは演技をしたり、ぼくをごまかして演技だったと嘘をついたり、真顔で冗談を言ったりするから、なにがなんだか、よく分からんさあ」

「アラシ、じゃあ聞くけどねえ、今、何時だと思っているわけ？」

「真夜中さあ」

「あっさ、呆れたよ、この子は。今、真昼間だよお。外に出てごらん。昼間だよお、そして、そこは美武田原だよ」

「えっ、ほんと？」ぼくはだんだん心細くなって来た。母が真っ当で、ぼくが狂っているのか。

「とう、とう、とう、電話を切って外に出てみなさい」

ぼくは外に出た。母の言うことは本当だった。外は昼だった。ここは美武田原だ。ぼくの少年時代の美武田原だ。懐かしかった。目の前に和宇慶《わうけ》さんの家がある。和宇慶さんの家の屋根はコールタールを塗ったテントカバーを被せた板葺きだが、テントカバーを固定した板が剥ぎ取られて、暴風雨の後のようにテントカバーがはためいている。和宇慶さんの庭のバナナの木が倒されてもんどり打っている。和宇慶さんの右隣りは志多伯《したはく》さんのトタン葺きの家だ。志多伯さんは濡れた布団や莚や上着やズボンを垣根に干している。

和宇慶さんの左隣りは亀甲《かめこう》さんの家だ。亀甲さんの家は茅葺きだ。茅に被せてあった網は剥ぎ取られ、茅もあちこち捥がれている。亀甲さんの家の庭にも大きな榕樹《がじまる》が生えている。榕樹は赤い大地と岩石を抱きかかえて生き残っていた。榕樹の葉という葉は毟り取られている。太い枝が裂けて白い肉を剥き出しにしている。茶色の細長い気根が圧《へ》し折られて地面に散らばっている。蟷螂《かまきり》はどこで大雨を凌いだのか、榕樹の枝を後ろ足で捕まえて前足を振り上げ、鎌を研いでいる。

空は青く澄み切っている。雲のひとかけらもない。空は何万年何億年を貫いて遠く果てしなく広がっている。数千匹の赤蜻蛉《とんぼ》が群れを作って旋回している。

その瞬間、現実に戻った。夢だった。

昨晩はほとんど眠れなかった。

母との約束通り、ぼくは七時に母の家に着いた。前日とは違って、霰《あられ》が降るのではないかと思うほど寒い。吐く息が白い。

母がいない。トイレを探す。風呂場を見る。奥の右の部屋にも左の部屋にもいない。応接間にもいない。玄関左の部屋にも、左奥の黒い仏壇がある部屋にもいない。庭にも屋上にもいない。榕樹の木の下にもいない。剽軽な人だからぼくをびっくりさせようと思って隠れているかも知れない。押し入れを探す。押入れにはいない。風呂場を探す。湯船の中にもいない。居間の仏壇の中を覗く。いない。黒い仏壇の中にもいない。池に落ちたのではないか。ぼくは池に下りて棒で掻き回しながら母を探す。池に落ちたわけではない。家にはいない。

家にいないとなると瑠璃ちゃん叔母の家を訪れている可能性が一番高い。叔母に電話する。来てないと言う。

七時半だ。ぼくは車で、母が行きそうな場所を探す。家の周り半径千メートルの美武田《みんた》原《ばる》を車で、ぐるぐる回る。母が仏壇の花を買う花屋。母が刺身を買う魚屋。肉屋。八百屋。米屋。酒屋。薬局。天婦羅屋。……。母の顧客だった翁長《おなが》伸子さんの家、渡嘉敷《とかしき》てるさんの家、垣花《かきのはな》とし江さんの家に行く。来てない。

小学生たちが登校する時間だ。小学生たちは厚いジャンパーを着込み、手袋まで嵌めている。小学校の出入口、校庭、水飲み場、体育館の裏を探す。いない。公民館。古波津《こはつ》公園。銘苅《めかる》公園。いない。

八時半だ。公衆電話から瑠璃ちゃん叔母に電話を掛ける。来てない。次にもう少し遠い距離を探す。昔、母が無尽会社の外務員をしていた頃、お得意さんが密集していた地域―嘉手川《かでかわ》、仲嶺《なかみね》、儀部《ぎぶ》を回る。顧客だった謝花《じゃはな》マイヌさんの家、屋比久《やびく》芳子さんの家、永山光子さんの家、安元《やすもと》初子さんの家、安里《あさと》美代子さんの家、吉田勝子さんの家などに立ち寄ってみるが、いない。

さらに遠い松木、新屋《しんや》、赤《あか》、真栄城《まえしろ》を探す。公衆電話から瑠璃ちゃん叔母に電話を掛ける。来てない。顧客だった西銘《にしめ》薬局、高嶺鮮魚店、島袋《しまぶくろ》紙店、国吉《くによし》金物店、比屋定《ひやじょう》食堂、宮城靴店などを回る。いない。

母は足が弱っていて、ゆっくり四、五十メートル歩いては休み、またゆっくり四、五十メートル歩いては休むという程度の脚力だ。遠くには行ってないはずだ。しかし、よく分からない。そうではないかも知れない。車に跳ね飛ばされて道端に転がっているのではないか。溝に落ちて動けなくて蹲っているのではないか。どこかの榕樹の根っこで寒さに打ちのめされて凍え死んでいるのではないか。

二時間半、探した。十時、美武田原の家に戻った。瑠璃ちゃん叔母に母を発見できなかったことを電話で報告した。その後、ぼくは力尽きて寝ていたようだ。

十一時過ぎ、電話が鳴った。

「アラシちゃん。お母ちゃんが来ているよ」瑠璃ちゃん叔母からだった。母は四時間、五時間どこをさまよっていたのだろう。

ぼくは駆け付けた。叔母の家で母と再会した。母は裸足でゴム草履だ。足は泥だらけだ。上半身は半袖の棉シャツで下半身は半ズボンだ。頭の髪は山姥のようにぼさぼさだ。唇は紫色になっている。上顎と下顎が合わなくて、かちかちかちかちと音が鳴っている。

ぼくは母を抱きしめた。

「お母ちゃん、戻って来たねえ」ぼくは母を抱きながら手で母の背中を叩いた。母の体は凍えていた。「お母ちゃん、踏ん張ったねえ。よく踏ん張った」

ぼくは母の両手をぼくの両手で覆って擦りながら「お母ちゃん、こんなに寒いのにどこへ行っていたわけ?」ぼくは母の眼を覗き込む。母の眼は虚ろだ。無言だ。呼び掛けても母は応えることができない。

瑠璃子ちゃんがいなくなって

てぃいち

瑠璃子《るりこ》ちゃんが四時になっても帰って来ないので。お母さんの嘉津子《かつこ》さんは、ぬうがやあ、おかしいねぇって思ったたってさあ。

瑠璃子ちゃんは小学校の一年生さあ。一時三十分には学校が終るよお。学校から家までは十五分さあ。どんなに遅くなっても二時半には家に戻ってくるってさあ。いつも一回、まず家に戻って鞄を置いてから遊びに出て行くんだってよお。

きょうは鞄を持ったまま友だちの家に行ったのかねえ、友だちの家じゃあなかったら、ひょっとすると、あいなあ、また霖勇《りんゆう》さんの家に押しかけているのかねえって嘉津子さんは思ったたってさあ。

瑠璃子ちゃんは五時になっても帰ってこないさあ。遠くの、あたびい池で鳴いている蛙が、なんでかねえ、耳もとで叫んでいるかのように、まぎまぎいと、ぐえっ！　ぐえっ！　ぐえっ！　って響いたんだってさあ。嘉津子さんは、さっこう、不安になったよお。同級生の朱美子《あけみこ》ちゃんの家に行ってみたさあ。朱美子ちゃんが言うには—瑠璃子ちゃんとは二時まえに校門のところで別れたよお。学校が終ってからは瑠璃子ちゃんと遊んでないよお、家にも来なかったさあ—っていう話さあ。風子《ふうこ》ちゃんの家と知佐子ちゃんの家と宏吉《ひろきち》ちゃんの家にも訪ねていってみたけど、だあ、同じ話だったさあ。霖勇さんの家にも訪ねていってみたさあ。きょうは一回も顔を見てないよお、わんは、いま家に戻ってきたところさあっていう話だったさあ。

どの家にも電話や自動車はなかった時代さあ。朱美子ちゃんのおかあさん、風子ちゃんのおかあさん、知佐子ちゃんのおかあさん、宏吉ちゃんのおとうさん、霖勇さん、嘉津子さんの家の隣の盛徳《せいとく》さん、マヅルさんが手分けして探すことになったさあ。自転車に乗るひとと歩くひとに分かれたさあ。嘉津子さんのおとうさんの家、瑠璃子ちゃんのおとうさんの辰蔵《たつぞう》さんが勤めている会社、辰蔵さんの親の家、きょうだいの家、瑠璃子ちゃんの受けもちの先生の家、学校、公園、あたびい池、ずけらん川、すぬふぁあん森……。あまん・くまん、探したよお。だあなあ、どこにもいなかったさあ。

七時半に治安局に届けたさあ。

たあち

島では、このあいだの大きないくさで、だってぇん、ひとが死んださあ。中国やフィリッピンやインドネシアやビルマやタイに〈やまとぅ〉の兵隊になって行って、さっこう、死んだよお。島に残ったひとも、あきよお、いっぺえ、あわりさあ。〈あめりかあ〉の空襲や艦砲射撃で、さっこう、死んださあ。〈あめりかあ〉が陸に上がってから戦車や大砲や機関銃や火焔放射器や手榴弾や集団死で、また、さっこう、死んださあ。

いくさが終って茶《ちゃあ》ぐあでも飲んで、ゆんたく・ひんたく、話むぬがたいするひまもないさあ。だあ、こんどは海の向こうの北のほうで、また、いくさが始まったさあ。夜はサイレンが、うう、ううって鳴ると電燈とかランプとか台所の火とかは、みんな消さんといかんさあ。燈火管制さあ。島の北部の山では〈赤ぱぱやあ〉と〈あめりかあ〉との撃ち合いがあったさあ。夜の十一時から朝の六時までは外出禁止令が出ていたさあ。

島の半分は〈あめりかあ〉に取られて〈あめりかあ〉の基地になっているさあ。基地は三メートルの高さの金網に囲まれているさあ。カービン銃を持った、白い〈あめりかあ〉や黒い〈あめりかあ〉や黄色い〈あめりかあ〉が、あまんかいん・くまんかいん、立っていたさあ。熊のような軍用犬が、さっこう、放されていたさあ。草や葉っぱのもようを付けた土色のジープが何千台、何万台って並べてあったよお。ガソリンを入れた大きなドラム罐が何千個、何万個って地面に積んであったよお。あいなあ、恐竜のような黒い軍用機が何百機、何千機って飛ぶかまえをしていたよお。恐竜のような軍用機には左と右に一つずつ赤いまだらが付いていたよお。赤いまだらの軍用機は昼も夜も朝も島を、がんない・がんない、揺さぶって、ごおらない・ごおらない、音をたてて海を越え、北のほうへ飛んで行ったよお。港には潜水艦や軍艦が、だってぇん、群らがっていたよお。

殺人や傷害や強盗や強姦や強制猥褻《わいせつ》は毎日、起きていたさあ。強姦してあと殺して林に捨てる事件や、小さい女の子をさらって、いたずらして殺して川に流す事件もよく起きていたさあ。女との別れ話がこじれて殺してあと乳房を草刈り鎌で切り取って、その乳房を持ち歩く事件もあったよお。七歳の女の子をさらって殺してあと陰部《ほうみ》を包丁で、ぐっちゃない・ぐっちゃない、突き刺して抉《えぐ》って切り刻む事件もあったよお。

やられたのは、ほとんど島のひとさあ。やったのは、島のひとということもあったけど、たいがいは〈あめりかあ〉さあ。

〈赤ぱぱやあ〉の仲間だと疑われて〈あめりかあ〉の軍事法廷に掛けられ、死刑になったり終身刑になったりする島のひともいたさあ。

みいち

夜になっても夜が明けても、だあなあ、瑠璃子ちゃんは戻ってこなかったさあ。どこにいるか分からなかったさあ。朝になって治安局と消防局と役所が大がかりに人を組んで探し始めたよお。学校、公園、道、くさむら、溝、小川、畑、たんぼ、沼、あたびい池、ずけらん川、林、すぬふぁん森……。どこもかも探したけど見つからなかったさあ。

基地の中は治安局が入れないさあ。〈あめりかあ〉に探してちょうだいねえって頼んださあ。〈あめりかあ〉からは探したけど見つからなかったよおっていう答えがあったさあ。

学校の帰り道に通る、あたびい池の底を二日がかりでさらったけど見つからなかったさあ。ずけらん川には、たまに酔っぱらいや子供が落ちることがあったさあ。だから遠くの川しもまで探したり五日がかりで川底をさらったりしたさあ。見つからなかったさあ。

島のひとは瑠璃子ちゃんは〈あめりかあ〉に基地に連れ込まれて、いたずらされて殺されてしまったのかねえって思うひとが多かったさあ。〈あめりかあ〉は瑠璃子ちゃんは〈赤ぱぱやあ〉にさらわれて殺されて海に捨てられたのかもしれないよおって言ったさあ。

ゆうち

瑠璃子ちゃんがいなくなって八日目に霖勇さんが治安局につかまったよお。あっさっ、びっくりしたさあ。だれも霖勇さんが犯人よおって当てたひとは、いなかったさあ。でも、だあ、霖勇さんがあやしいって言われてつかまって、そうかねえ、霖勇さんがやったのかねって疑う気持ちで見なおしてみると、もしかしたら霖勇さんがやったのかもしれないねえっていう考えになったさあ。

霖勇さんは子供が好きさあ。瑠璃子ちゃんや朱美子ちゃんや風子ちゃんや宏吉ちゃんと、おにいさんか、おとうさんみたいにして、よく遊んでくれてはいたさあ。竹とんぼや凧《たこ》を作って飛ばしたり、蝉や蛙や野鼠や食蛇獣《まんぐうすう》をつかまえて食べたり、木麻黄《もくまおう》や榕樹《がじまる》や漆《うるし》や栴《せん》檀《だん》の木に登ったり、鳥黐《もち》を作って雉《きじ》鳩や鵯《ひよどり》や目白や雀をつかまえたり……。でも、だあ、いつだったねえ。霖勇さんは子供と同じ気持ちになって本気で遊ぶからねえ。すもうをとって宏吉ちゃんを力いっぱい投げ飛ばし、宏吉ちゃんの肩の骨にひびを入れたことがあったさあ。瑠璃子ちゃんと竹馬の取り合いで、けんかして瑠璃子ちゃんの腕に咬みついたさあ。さっこう、血が出たよお。あいえぇなあ、つぎの日は狼に咬まれたみたいに大きな歯型が茶色になってできていたさあ。

　霖勇さんは〈やまとぅ〉の、……、だあ、なんていう名前だったねえ、ぬうがな・きいがな・っていう、いっぺえ、むずかしい大学を出たひとさあ。だけど〈やまとぅ〉の役人になりたくない、島の役人になりたくない、会社に勤めたくない、〈あめりかあ〉のところで、はあろう・はあろう、たんきゅう・たんきゅうって〈あめりかあ〉語を使って働きたくない、世の中に出たくないって言って、ずっと家で、ぶらぶらしているヘンジングゎさあ。ガクモンがあるんだから子供たちを集めてベンキョウを教えればいいのに、そういうことはしたくないみたいさあ。気が向いたときに近くのひとや知り合いのひとの畑やたんぼを手伝って手間賃をもらったり、野菜や米をもらったりしていたさあ。親や弟や妹から小遣ぐぁをもらったりしていたさあ。三十八歳さあ。ひとりもんさあ。結婚したこともないよお。屋根に鳳仙花《ちんさぐう》やタンポポや罌粟《けし》が咲いている茅ぶきの家を借りて、ひとりで暮らしていたさあ。死刑された〈赤ぱぱやあ〉の南風原哲一《はえばるてついち》とは小学校のときからの友だちさあ。霖勇さんは〈赤ぱぱやあ〉のことで、ときどき〈あめりかあ〉に呼ばれて調べられているっていう話よお。〈やまとぅ〉の大学に行っていたころ、つかまって裁判に掛けられたこともあるっていう話よお。

だあ、ほんとうの犯人が自分がやったということを自分ではっきりさせようと思えば、たやすく示すことができるっていう気がするさあ。なんでかと言うと起こったことや知っていることを分からすことだからさあ。攻めること、持っていることを見せることだからさあ。でも犯人ではないひとが犯人じゃないねえって疑われたとき、わんは、やってないっていうことを示そうと思えば、知らない、触わってない、考えたことがない、なんにもないっていうことを分からさないといけないさあ。あっさよお、これは、さっこう、むずかしいさあ。ないということは出したくても出せないからねえ。それに、また、だれだって、ひとつ、ふたつ、ひとに言えないことを抱いて生きているからねえ。

霖勇さんの場合は、さっこう、運がよかったさあ。瑠璃子ちゃんがいなくなった日は、たまたま朝から夕方まで康功《こうこう》さんの苦瓜《ごうやあ》畑を手伝っていたってさあ。康功さん、康功さんの、とぅじ・のカマドさん、康功さんの弟の康玄《こうげん》さんが治安局に言ってくれたさあ。霖勇さんは三日間つかまっただけで治安局を出ることができたさあ。

治安局から犯人じゃないって言われて、そとに出てしまえば、あいなあ、だあ、ニンゲンの気持ちって不思議なもんさあ。そういう気持ちになるさあ。そうさあ、あんなに欲のない、仙人みたいなひとが、いつもいっしょに遊んでいる子供をさらったり殺したりするはずはないさあって思いなおしたさあ。

いちち

瑠璃子ちゃんがいなくなってから二週間過ぎたころ、瑠璃子ちゃんのおかあさんの前の・

うとぅが犯人じゃないかって疑われて治安局につかまったよお。前の、うとぅ・の栄仁《えいじん》さんは嘉津子さんに子供ができないからって言って離婚して、すぐ〈やまとぅう〉と再婚したんだけど、とおなあ、このひとも子供ができなかったし、性格も合わないからと言って離婚して、それからは、ずっと、ひとり暮らしだったさあ。

栄仁さんは〈やまとぅう〉と別れてあと、嘉津子さんに、しつこく、たっくぁい・むっくぁい・あいめえ・くさめえ、して復縁を迫っていたといううわさささあ。嘉津子さんは、だあなあ、すでに再婚しているし、辰蔵さんとのあいだに子供もいるし、栄仁さんをなめくじのように毛嫌いしているっていううわさささあ。だから栄仁さんが嘉津子さんにいやがらせをするために瑠璃子ちゃんをさらって隠したか殺したかしたんじゃないかっていう話さあ。

栄仁さんの友だちは、みんな〈あめりかあ〉か〈やまとぅう〉さあ。島のひととは、つきあいがないさあ。くるしぇえ！　くるしぇえ！って叫んで踊って転げ回って泥だらけになる、るるさあ祭には、だあ、一回も顔を見せたことがないさあ。ことばも〈あめりかあ〉語か〈やまとぅ〉語しか使わないさあ。年忌《すうこう》とか祖先崇拝《とうとうめえ》は、あんまりやらないし、神女《ゆた》とか三世相《さんじんそう》には、じぇんじぇん、かからないしねぇ。栄仁さんは密入国と密出国の仲立ちをして金をもうけているといううわささぁ。〈あめりかあ〉の友だちと組んで基地の中のPX《ぴーえっくす》や倉庫からチューインガムやチョコレートやタバコやウイスキーやメリケン粉やバターやチーズを持ち出し、横流しして刑務所に入ったこともあったさぁ。

治安局が栄仁さんを瑠璃子ちゃんのことで聞いているうちに嘉津子さんは栄仁さんと別れて辰蔵さんと結婚してからも、ときどき、栄仁さんと会って男と女のカンケイを結んでいたという話が出てきたさぁ。ここ四、五年は、しょっちゅう隠れて会っていたという話さぁ。どれくらい、ほんとうかっていうことは分からないよお。栄仁さんのほうからの話だし、それにまた栄仁さんが言ってるって治安局が言ってるんだからね。

でも、どうも栄仁さんが嘉津子さんにしつこく復縁を迫っていたという感じではないし、また嘉津子さんが栄仁さんをなめくじのように毛嫌いしているっていう感じでもなかったってよお。栄仁さんは一週間くらいで治安局を出てきたささぁ。

むうち

栄仁さんのつぎにつかまったのは、あきさみよお、嘉津子さんさあ。これには、だあ、みんな、びっくりしたよお。あっさっ、かわいがって育てている自分の子供を、おかあさんが殺すかねえ。

辰蔵さんと嘉津子さんとのあいだでは離婚の話が三年まえから決まっていたってさあ。辰蔵さんは、のんかあで、友だちがたくさんいて人気者さあ。いっぺえ、話がじょうずさあ。—暴風雨《まぎかじ》が、ちゃあに、パインん、砂糖きびん、バナナん、むる、剥《は》じとぅやあに、むっち行ちゅたん。二か月ん、雨《あみ》が、降らんたん。食べ物は、苦瓜《ごうやあ》ん、糸瓜《なあべえらあ》ん、ぬうん、ねえんたん—。辰蔵さんが話をすると幻燈や活動《えいが》を見るよりも生なましく迫ってくるさあ。辰蔵さんは〈あめりかあ〉や治安局から指名手配された友だちをかくまったり逃がしたりするような人情家ぐぁさあ。友だちが家に遊びに来るのを喜んで迎えるひとさあ。

嘉津子さんは、さっこう、おとなしいひとさあ。内気なひとさあ。—海栗《うに》をくだきましたか、苦瓜《ごうやあ》の花が咲きましたね、天水は溜まりましたか――しか言わないほど無口なひとさあ。友だちもいないさあ。〈やまとぅう〉みたいに色白で、さっこう、きれいなひとだからかねえ、ぬうがな、冷たい感じがして近寄りにくいさあ。ひとり静かに過ごすのが好きで家に、ひとが出入りすると、もうろう打っちりて心が落ちつかないってさあ。辰蔵さんの友だちや辰蔵さんの親きょうだいが来るのをいやがっていたってさあ。人と交《まじ》わるよりは詩や小説を読んだり、歴史や社会の本を読んだり、作文を書いたりするのが好きさあ。ときどき新聞に嘉津子さんが書いた作文がのったさあ。少しインテリイぐぁさあねえ。性格が合わないっていうわけさあ。

五年くらいまえから夫婦の夜のあれは、じぇんじぇん、なかったってさあ。じゃあ、なんで別れんで、いっしょに住んでいるかって言えば瑠璃子ちゃんを男親と女親どっちが引きとるか決まらなかったからってさあ。辰蔵さんは辰蔵さんが引きとるって言いはり、嘉津子さんは嘉津子さんが引きとるって言って、きかなかったってさあ。子供がふたりいれば上の子は男親に下の子は女親にっていうふうに決めることもできるさあ。だけど、だあ、辰蔵さんと嘉津子さんのあいだには瑠璃子ちゃんひとりさあ。だから、ずっと平行線さあ。

夫婦は別れることもしないし、かと言って仲なおりすることもしない。背を向けて、うとんじあいながら、いっしょに暮らしてるってかたちさあ。

嘉津子さんの従妹《いとこ》のモヨコさんが治安局に聞かれて言うのには嘉津子さんはモヨコさんに、こう漏らしたってさあ。──夫婦で瑠璃子ちゃんの取り合いをしている。嘉津子さんは分《ぶ》が悪い。辰蔵さんに取られてしまいそうだ。辰蔵さんに取られるよりは子供を殺して自分も死にたい──。

治安局は、この話で嘉津子さんを責めたさあ。嘉津子さんが治安局に答えるには、こうさあ。

あいええ、モヨコの話は、おかしいさあ。うちがモヨコに話したのは辰蔵のほうが分が悪いっていう話さあ。うちに取られるよりは瑠璃子を殺して自分も死にたいって辰蔵が言ったという話さあ。

でも、だあ、嘉津子さんは毎日、昼も夜も一番目の・うとぅと、どこで知り合って、結婚してあと、どういうふうに暮らしたねえ、なんで別れたねえ、いまの・うとぅとは、どこで知り合ったねえ、結婚するまえからカンケイを持っていたねえ、結婚のはじめのころは毎日やっていたねえ、そのあと、なん日に一回くらいになったねえ、いつごろから、やらなくなったねえ、なんでねえ、きっかけは、なんねえ、五年も男を触わらないで夜が辛くないねえ、指を使うのねえ、ナスビはどうねえ、バナナはどうねえ、こけしは使ったことがないねえ、先先月のゲッケイはいつから始まったねえ、先月はいつからねえ、今月はいつからねえ、もうじきゲッケイが来るというとき、いらいらするねえ、男が欲しいって思うねえ、ゲッケイのまっただ中のときは、いらいらするねえ、男が欲しいって思うねえ、〈あめりかあ〉とやったことはあるねえ、黒んぼうの味は極楽だと聞くけれど黒んぼうとやったことはあるねえ、〈たいわなあ〉とはあるねえ、〈やまとぅう〉とはあるねえ、女とやったことはあるねえ、山羊《ひいじゃあ》とやったことはあるねえって尋ねられたってさあ。朱美子ちゃんや風子ちゃんや知佐子ちゃんや宏吉ちゃんを叱ったり叩いたりしたことはあるねえ、いつ、どこで、なじぇ、叱ったねえ、叩いたねえ、子供を叩くと気持ちがすっきりするねえ、叩いているさい中に、もっと！　もっと！って気持ちが高ぶらないねえ、打ち殺《くる》しぇえ！打ち殺《くる》しぇえ！っていう気持ちにならないねえって聞かれたってさあ。瑠璃子ちゃんがいなくなった日、その前の日、前の前の日、前の前の前の日、前の前の前の前の日、前の前

の前の前の前の日、前の前の前の前の前の日、朝起きてから夜寝るまで、なにをしたねえ、なにがあったねえ、なに考えていたねえ、なに食べたねえ、なに飲んだねえ、なに食べさせたねえ、なに飲ませたねえ、瑠璃子ちゃんは、なにをしていたねえ、なんて言ったねえ、どんなようすだったねえ、笑ったねえ、泣いたねえ、すねたねえ、怒ったねえ、なんか頼んだねえって百回も二百回も細かく言わせられたってさあ。いいや、違うよお、こうさあ、いいや、違うよお、ああさあ、モヨコさんは嘘つきねえ？　モヨコさんは、あんたをおとしいれて苦しめようと考えるひとねえ？　ゴウジョウ張るのは、もう、やめたらいいんじゃあないねえ、いつまでも自分をいじめんで、やったらやったって正直に認めるのがニンゲンとしてのセキニンじゃあないねえ、ちゃあやが？　へえく！　自分の体をいたわったほうがいいさあ、子供を家の中で布団を敷いて寝かせてあげるべきじゃあないねえ、ちゃあやが？　へえく！　それが親のなさけじゃないねえ、子供を叩いているさい中に、もっと！　もっと！って気持ちが高ぶることがないねえ、打ち殺《くる》しぇえ！　打ち殺《くる》しぇえ！っていう気持ちになるさあ、ちゃあやが？　ちゃあやが？　へえく！　へえく！って誘われて疲れたのかねえ、嘉津子さんは、つかまってから三週間目に、モヨコの話は合っているって認めたさあ。瑠璃子ちゃんを縄跳びの縄で首を絞めて殺し、すぬふぁん森の、がっぱい榕樹《がじまる》の根もとに埋めたって認めたさあ。

だけど、だあ、治安局が嘉津子さんを連れて、すぬふぁん森の、がっぱい榕樹の根もとを掘りおこしても瑠璃子ちゃんは出てこなかったよお。

瑠璃子ちゃんを、いったい、どこに埋めたねえって治安局が責めたら嘉津子さんは話をもとに戻してモヨコさんの話はやっぱり間違っている、嘉津子さんがモヨコさんに話したのは辰蔵さんのほうが分が悪い、嘉津子さんに取られるよりは瑠璃子ちゃんを殺して自分も死にたいって辰蔵さんが言ったというのが正しいって言いなおしたさあ。嘉津子さんが言うには、

どこに自分の子供を殺す母親がいるねえ。瑠璃子は顔も体つきも気だても死んだ、うちの母にそっくりさあ。色白で背が高いさあ。眉毛が濃くて眉と眉が、くっついているさあ。髪は天然パーマさあ。海栗《うに》を石でくだいて苦瓜《ごうやあ》畑にまいたり、パパイアの皮をむいたり、たねを取り除いたり、よく、うちの手伝いをしてくれるよお。ラジオから流れる童話を聞きながら涙をぽろぽろ、こぼす子さあ。

瑠璃子は、うちが産んで、うちが育てた子さあ。二回、結婚して初めてできた子さあ。うちは子供は、この子ひとりだけさあ。うちは男をふたり知っているよお。男はもうこりごりさあ。男は女をニンゲンって思ってないからね。うちは男は、うちの父だけが好きさあ。父とは男と女のカンケイにならないからね。父とのつながりは心が安まるさあ。うちは、きれいな体さあ。うちは、なんにも悪いことはしてないさあ。瑠璃子の取り合いで、うちに分がないことは米つぶひとつもないよお。

結婚とか離婚とか夫婦とか戸籍とか、こんなもんがなんねえ。こんなもんは、みんな、ごみくずさあ。

とおなあ、そうすると、だあ、嘉津子さんを犯人って決めるもんがないさあ。嘉津子さんは一か月くらい、治安局に泊められて、そのあと出てきたさあ。

嘉津子さんが出てくる前の晩、モヨコさんは庭の栴檀《せんだん》の木に首を吊って死んでしまったさあ。

ななち

嘉津子さんと入れ替わりに、だあ、こんどは辰蔵さんがつかまったさあ。辰蔵さんは瑠璃子ちゃんを殺して自分も死にたいって言ったという話をまず責められたさあ。辰蔵さんが答えるには、こうさあ。

瑠璃子を殺して死にたいって言ったことは一回もないよお。心の中をよぎったこともないよお。ニンゲンは死んだらおしまいさあ。ただの骨さあ。死んだら、なんの楽しみもないさあ。

いくさで兄や弟や伯叔父や伯叔母や祖母や友だちが死んだよお。わんが死んでも、なんの不思議もないことに、なん回もぶつかったけど、わんは生き残ったさあ。

〈やまとぅ〉の兵隊になって揚子江の川上の重慶まで蒋介石をつかまえようと追っかけたさあ。その途中に、わんは足に鉄砲の玉が当たって動けなくなったさあ。部隊長や戦友に助けられて野戦病院で手当を受けて〈やまとぅ〉に送り返されたさあ。わんが抜けたあと、わんの部隊は重慶の手前で蒋介石の兵隊に襲われて、みんな死んださあ。申しわけないと思ったさあ。ありがたいと思ったさあ。生きようと思ったよお。生き続けようと思ったよお。

わんは、これまで、さっこう、友だちにかばってもらったさあ。助けてもらったさあ。そのことを思うと涙が出るさあ。かたじけないと思っているさあ。わんはニンゲンを信じるさあ。ニンゲンが好きさあ。そういう、わんが、わんを殺すとか死にたいとか一回も考えたことはないよお。

やまいとか思いもよらんできごととかで、わんが、もうじき死ぬというときでも、わんは瑠璃子を西方《ぐそう》へいっしょに連れていこうとは全く思わないよお。瑠璃子は生き残ってほしいさあ。瑠璃子はきょうとは違うあしたを生きてほしいさあ。これからは瑠璃子たちの時代よお。世の中は、きっと明るくなるよお。わんの道連れに瑠璃子を殺すという考えが湧くはずはないさあ。嘉津子を愛しているなら嘉津子に瑠璃子を頼んで別れることができるよお。しかし、わんは嘉津子を愛してないさあ。

わんは瑠璃子をたいせつに思っていたよお。瑠璃子は希望であり勇気さあ。瑠璃子が、わんのそばで毎日毎日、元気に楽しく生きているよお。だから、わんも元気に楽しく生きることができるさあ。

嘉津子は瑠璃子を渡さないと言うさあ。嘉津子はひとりでは出て行かないと言うさあ。わんも嘉津子に瑠璃子を渡さないさあ。わんひとり、家を出るようなことはしないさあ。そうすると同じ家で三人暮らすしかないさあ。わんが嘉津子をつぶそうと思えば、たやすいことさあ。しかし嘉津子は瑠璃子の母親さあ。嘉津子と瑠璃子は、つながって、ひとつになっているさあ。嘉津子がつぶれると瑠璃子もつぶれるさあ。三人でいっしょに生きればいいさあ。こんなことは、なんでもないことさあ。愛し愛され認め認められ信頼し信頼されて暮らしている夫婦はいないよお。どの夫婦も互いに憎んで軽蔑しながら、あきらめて頼って暮らしているさあ。

辰蔵さんは友だちの密出国を助けた疑いで、まえに何回か治安局に調べられたことがあったさあ。また辰蔵さんは瑠璃子ちゃんを連れて〈やまとぅ〉へ行って父と子で人生をやりなおしたいって嘉津子さんに相談したことがあるってよお。嘉津子さんは雪が降ったり氷柱《つらら》が下がったりする、あんな寒いところに瑠璃子を連れて行って、かわいそうと思わんねえ？　あんたは、そんなに〈やまとぅ〉が好きなら、あんたひとりで家を出て行ってやりなおしなさいって言って、けんかになったことがあるってさあ。

それで治安局は、①辰蔵さんが友だちに瑠璃子ちゃんをさらってくれと頼んだ、あるいは預かってくれと頼んだ、②友だちが瑠璃子ちゃんをさらい、あるいは、預かり、ひそかに〈やまとぅ〉へ連れ出した、③しばらくあとに辰蔵さんが、ひとり〈やまとぅ〉へ逃げる、④〈やまとぅ〉で瑠璃子ちゃんと会う、って言う話を考えて辰蔵さんを責めたさあ。

辰蔵さんは、ありえない、考えられない、考えたこともない、違う、って答えるし、その話を支えるもんはないし、辰蔵さんは十日くらい治安局に泊まって帰ってきたよお。

やあち

辰蔵さんと嘉津子さんには、しがみついて手放さなかった瑠璃子ちゃんもいないし、瑠璃子ちゃんを絞め殺したって認めた嘉津子さんの話もあったし、瑠璃子ちゃんを殺して自分も死にたいって嘉津子さんが言ったとか辰蔵さんが言ったとかの話もあったし、嘉津子さんの前の、うとぅのことや辰蔵さんとの夜のことや瑠璃子ちゃんの取り合いのことが、みんなに知れ渡ってしまったし、モヨコさんが首を吊って死んだし、ぬうやん・きいやん、ありん・くりん、考え合わせると、きっと、ふたりは別れるよおって、みんなは話していたさあ。

やしがよお、あっさっ、男と女のことは、あしたどうなるか、まったく分からんもんだねえ。ひとの人生も世の中のことも、そうさあ。よく考えてみると、自分のことでも、そうさあ。わんは、どうなっているのか、どうしたいのか、どうすればいいのか、どうなるのか、はっきりしないことが多いからねえ。あれは、ああに違いないとか、このひとは、こうに違いないとか、きっと、ああなるとか、きっと、こう出て来るとか、もう、だめだ、あきらめるしかないとか決めてはいけないねえ。

辰蔵さんと嘉津子さんは別れないどころか仲直りして好き合って暮らすようになったよお。あっさっ、だあ、まもなく嘉津子さんは、わらばあを身ごもったよお。だけど、だあ、ちむ苦《ぐる》さよお、生まれた子供は、へその緒が首にぐるぐる絡まって叫び声を上げんうちに西方《ぐそぅ》へ行ってしまったさあ。

くくぬち

瑠璃子ちゃんがいなくなってから二年と何か月か過ぎたころのことよお。治安局の調査本部はもうなくなっていたさあ。みんなも事件のことを忘れかけていたさあ。

苦瓜《ごうやあ》が赤く小さく縮んで腐って地面に落ちるころ、寒い〈やまとぅ〉から暖かいフィリッピンやインドネシアに鷹《さしば》が渡って行くさあ。鷹は島には下りないよお。鷹が島に下りたことはないよお。西の空を南のほうに横切って通り過ぎるだけさあ。それがよお、あきさみよお、どうしたのかねえ、何千、何万の鷹の群れが島に下りたさあ。すぬふぁん森の木《もく》麻黄《まおう》や榕樹《がじまる》や漆《うるし》や栴檀《せんだん》の木に舞い下りて止まったさあ。島のひとは、みんなびっくりしたさあ。

その日さあ、ちょうど瑠璃子ちゃんの九歳の誕生日だったさあ。〈やまとぅ〉の横浜から手紙が辰蔵さんと嘉津子さんのところに届いたさあ。女の字で、こう書いてあったさあ。

瑠璃子ちゃんは元気でいきているよお。

うちが悪かったさあ。ごめんさせてねえ。もう瑠璃子ちゃんを返すさあ。×月×日に出る横浜ゆきの浮島丸に乗んなさい。おかあさんだけ乗んなさい。おとうさんは乗ってはいけない。治安局には知らせるなよお。知らせたらすぐ分かるからね。知らせたら、じぇったい返さんよお。

子供の字で、こう書いてあったさあ。

とうちゃん
かあちゃん
げんきねえ
あいたいさあ
とても
あいたいさあ　　るりこ

だあ、瑠璃子ちゃんが辰蔵さん・嘉津子さんと別れたのは小学校一年生のときさあ。字を覚えはじめたころだから、字の形っていうのは、まだ固まってないさあねえ。手紙に書いてある字は別れたころの字と似ているような気もするし、わりあい、じょうずな字だから、ちょっぴり違うような気もするさあ。これは、じぇったい瑠璃子の字よおっては言えないけど、また、じぇったい瑠璃子の字じゃあないよおっても言えないっていう感じだったってさあ。

辰蔵さんと嘉津子さんは「瑠璃子ちゃんは元気でいきているよお。もう瑠璃子ちゃんを返すさあ」っていうことばと「あいたいさあ　るりこ」っていうことばを信じようと思ったさあ。いいや、信じたさあ。治安局に知らせるなよおって言ってるさあねえ。だあ、辰蔵さんも嘉津子さんも治安局には、さんざんな目に遭ったさあねえ。昔のこととか男と女のこととか夜のこととか殺したいと言ったとか、いいや、違うよお、ああさあ、とか、ちゃやが？　ちゃあやが？　へえく！　へえく！って、ぬうやん・きいやん、責められたさあ。もう、たくさんさあっていう気持ちさあ。また、なによりも治安局に知らせないで嘉津子さんひとりで船に乗ったら、ちゃんと返すって書いてあるから女のことばを信じたさあ。だから治安局には届けなかったよお。

嘉津子さんは女の言うとおりに、×月×日に出る横浜ゆきの浮島丸に、ひとりで乗ったよお。横浜までは船の中で三泊四日さあ。船の中では一日目も二日目も三日目も四日目も女から、なんの合図もなかったさあ。嘉津子さんは、さっこう、がっかりしたさあ。でも港に着いてから合図するつもりなんだろうねえって気持ちを取りなおしたさあ。港には昼過ぎ、着いたさあ。日が暮れるまで港に立っていたけど、なんの合図もなかったってさあ。七日間、港に立っていたけど、なんの合図もなかったよお。

島から横浜には二か月に一回、船が出ていたさあ。嘉津子さんは、あきらめきれんで二か月あとの浮島丸にも四か月あとの浮島丸にも、ひとりで乗って行ったよお。だけど、だあ、三泊四日の船の中でも港での一週間でも女からは、なんの合図もなかったさあ。

六か月あとの、四回目の浮島丸にも乗るって言うから辰蔵さんは嘉津子さんを引きとめたってさあ。

もう、やみれえ。瑠璃子は、あんたのことも、わんのことも、食蛇獣《まんぐうすう》も蛙《あたびい》も榕樹《がきまる》も木麻黄《もくまおう》も苦瓜《ごうやあ》も糸瓜《なあべえらあ》もパパイアも海栗《うに》も鳥黐《もち》も鷹《さしば》も、るるさあ祭も、暴風雨が過ぎ去ったあと、青い空に舞い上がるとんぼの群れも、よく覚えているよお。瑠璃子は、どこかで生きているよお。瑠璃子は「とうちゃん　かあちゃん　げんきねえ　あいたいさあ」っていう気持ちで、きょうからあしたに、つなげているさあ。それを思えば、あんたも、わんも生きられるさあ。いつか、きっと会えるよお。もう、やみれえ。

嘉津子さんは、
これ一回だけ乗りたいさあ。なんでか分からんけど、こんどは女から合図があるような気がして耳も口も指も、ふくらはぎも、ぴっくない・ぴっくない、引きつっているさあ。ふぁあらない・ふぁあらない、耳鳴りがするさあ。もしも合図がなかったら、もう、この船に乗るのは、あきらめるさあ。これが終わりさあ。これ一回、お願いさあ。これで、あきらめるさあ。

って言って辰蔵さんに頼んだってさあ。それで、とおなあ、嘉津子さんは四回目の浮島丸に乗ったよお。

船の中でも港でも、なんの合図もなかったさあ。帰りの船の中で嘉津子さんは、あっさよお、だあ、気が狂ってしまったさあ。

とぅう

海の向こうの北のいくさは終ったさあ。燈火管制のサイレンは瑠璃子ちゃんがいなくなったころよりは減っているさあ。一週間に一回か二回さあ。外出禁止令は夜が一時間縮まり朝が一時間縮まって十二時から五時になっているさあ。

でも、だあ、こんどは南の、海の向こうで、いくさが起きているさあ。〈あめりかあ〉の基地の中では草や葉っぱのもようを付けたジープが、あいかわらず何万台も並べてあるよお。

ガソリンを入れたドラム罐が何万個も地面に積み重ねてあるよお。爬虫類《はちゅうるい》のような黒い軍用機が、昼も夜も朝も、島を、がんない・がんない、揺さぶって、ごおらない・ごおらない、音を立てて南のほうへ飛んで行くよお。港には潜水艦や軍艦に混じって灰色の原子力潜水艦が停まっているよお。原子力潜水艦は基地が浮かんでいるみたいに、さっこう、大きいよお。

軍用機が小学校に落ちて一七八人の子供たちが焼け死んだこともあったよお。基地の近くの井戸は地下からガソリンが染み込んできて水が使えないさあ。池や沼や川やたんぼからは七本足や十本足の蛙が、けんくんけんくん、出てきたりするさあ。とんぼや蝉や野鼠は山や森の奥にしかいないさあ。

港で働いている若いひとたちの中に、ぬうがやあ、体がだるかったり、めまいがしたり、吐いたり、腹くだししたり、血が出たりするもんが、二十人、三十人、五十人って出てきたさあ。〈やまとぅ〉の広島の病院で診てもらおうと思って〈あめりかあ〉にパスポートを出せって求めたさあ。すると〈あめりかあ〉は、むりやり〈あめりかあ〉の病院に担ぎ込んで血を採ったり大便や小便を採ったりレントゲンを当てたりして調べたさあ。なんでもないっていう答えを言ったさあ。パスポートは出さないよお、からだが悪いときには言いなさいねえ、いつでも有給休暇をあげるよおって言ったさあ。本人たちや仲間たちは歯《はあ》ぎしぎしいして、わじったさあ。よけい、不安になったさあ。話をしに行こうって決めて、しごとを放り投げたさあ。港から〈あめりかあ〉の政府があるウィルソンに向かって並んで歩いていたさあ。ペリーを過ぎてルーズベルトを曲がろうとするところにカービン銃を持った〈あめりかあ〉の部隊が待ちかまえていたさあ。〈あめりかあ〉は、ぱっちない・ぱっちない、玉を撃ったさあ。死んだのが三十六人、腕や肩や足や腹を撃たれたのが、百五、六十人、出たさあ。

島の北部の山には〈赤ぱぱやあ〉がまだ生き残っているよお。ときどき〈赤ぱぱやあ〉と〈あめりかあ〉の撃ち合いがあるよお。だあ、このあいだ、〈赤ぱぱやあ〉って言われて男六人、女三人、若いひとがつかまって死刑されたさあ。

在日文芸「民涛」(李恢成代表)第六号(一九八九年)掲載

遺された油絵

朝食をとりながら新聞をめくっていると告別式の広告のページで釘付けになった。えっ、まさか。メガネを外して文字をぐんと目に近づける。父〈手登根《てどこん》道彦《みちひこ》〉儀とある。あの道彦だろうか。〈六十四歳〉と書かれていて年齢は合っている。豊見城《とみぐすく》市比屋定《ひやじょう》の〈醤油屋・手登根〉と屋号を示してある。そこは道彦の実家であり、醤油造りは家業である。道彦だ！　道彦が死んだ！　道彦は沖縄に住んでいたのか。おやっ、友人代表として〈銘《め》苅《かる》龍生《りゅうせい》〉。ぼくの名前が出ている。四十年も音信のないぼくをなぜ……。

　道彦は大学を卒業すると同時に大手の商社であるMに就職した。今ごろは重役になって東京の本社で働いていると思っていたが、沖縄に戻って醤油造りをしていたのだろうか。告別式は四時から五時のあいだに自宅で執り行うと書いてあり、喪主は娘〈手登根ゆめ〉となっている。すぐに駆け付けて顔を見たいと思ったが、しかし長いあいだ疎遠にしているし、娘と一度も会ったことがない。告別式が済んだ後、弔問客が少ない時間に訪ねて行ったほうが話をゆっくり聞けていいだろう。

　勤務先の予備校に友人が亡くなったので休むと電話した。昼ごはんを作る気力がなかったし食欲も萎えたのでバナナを一本食べた。一時間ほど横になってから出掛けようと考えて床に入った。ぼくの仕事は夕方から夜遅くまで立ちっぱなしで大勢の大学受験生に英語の授業をおこなうことだ。疲れが溜まっているのだろう。三時間も寝てしまった。気が付くと太陽は沈んで西の空にわずかに黄色い光を残しているだけだった。

停留所のベンチに坐ってバスを待った。ぼくは那覇の北の外れ、安謝《あじゃ》に住んでいる。比屋定に行くには泉崎《いずみざき》のバスセンターで乗り換えなければならない。

バスが来た。深々と座席に沈み込んだ。

高校一年のとき、ぼくは道彦と同じクラスだった。道彦はクラス担任の教師が任命した一学期の級長だ。口数が少なくていつも静かにしていたから勉強にしか関心のない取り澄ましたヤツだと考えていた。しかし休み時間にゴッホやミレーの絵の話をしていたら近づいて輪に入ってきた。そのうちに穏やかで控え目な、いいヤツだということが分かり仲良くなった。道彦は教師が頼んだ用事を黙々と手早くこなすので教師たちに受けが良かった。また学級のホームルームでは級友たちの意見をじっくり聞いてクラスの方針をまとめていた。そのような人柄と力を見込まれて二学期は選挙で級長に選ばれた。

十一月のことだった。道彦が学校を休んだ。二年生三人からリンチを受けて怪我したらしい。ぼくは学校の帰り、バスに乗って那覇の南隣り、豊見城の比屋定にある道彦の家を訪ねた。石を積み上げた門には〈手登根味噌醤油〉と書いた大きな看板が掛けられていた。屋敷に入ると正面にセメント瓦の工場があり右側の少し奥に赤瓦の住宅があった。辺りには醤油の甘い匂いが漂っていた。屋敷の回りは福木《ふくぎ》で囲ってあり庭には月桃《さんにん》が茂っていた。ぼくは道彦の顔を見てびっくりした。左の上瞼は腫れて下瞼とくっついている。頬には大きな青い斑点ができていて唇は切れて捲れ上がっていた。道彦は校舎の裏に連れ込まれたいきさつを話した。翌日、ぼくは上級生三人を学校の近くにある亀甲墓《かめこうばか》に呼び出した。ぼくは身長が百八十一センチあり、小学校三年のときから空手道場に通っているので腕力には自信があった。なぜ道彦を殴ったわけ？と聞くと、一年生のくせに静かにしろって生意気な口を利くからさぁと答える。図書館で騒ぐあんたたちが悪いんではないわけ？と言ったら、うぬひゃーや！（この野郎は！）と叫んで、いきなりぼくの腹に頭突きを喰らわした。ぼくは前につんのめった。横に立っていたヤツがぼくの尻を蹴り飛ばした。ぼくは草むらに這いつくばったが、すぐに立ち上がった。態勢を建て直して反撃と防禦を繰り返したあと、三人を叩きのめした。三人は地面に額を擦りつけて謝った。翌日また呼び出した。

三人はぼくと道彦の前で悪かったと詫びて、もう、しないと誓った。三人が帰ってから道彦はありがとうと言ってぼくの指の骨が折れそうになるくらい強く握り締めた。

ぼくは国費留学生選抜試験に合格して内地の大学の社会学科に進むつもりだったが、受験科目のひとつに苦手な数学が指定されており、この数学をいかにして克服するかが課題だった。ぼくは那覇の中央やや南東にある高台、楚辺《そべ》に住んでいたが、道彦の家まで片道四十分歩いて数学を習いに通い始めた。ぼくは大学院に進み、学究になりたいという憧れを持っていた。父は警察官だった。父は力ずくで意見を押し付けようとしたり、あれこれ細かく指図しようとするので鬱陶しかった。国費留学生になれば入学金と授業料を免れるうえに生活費が支給されるので父から自立できると考えた。

道彦の家に初めて習いに行った日のことだ。道彦はぼくのとんちんかんな問いや初歩的な疑問に時間を掛けて丁寧に教えてくれた。気が付くともう夕暮れになっていた。帰らなければならないと思って支度をしていると、お母さんが食事をふたり分運んで来た。ぼくは勉強を教えてもらったうえに夕食まで馳走になって感激した。道彦の家に行くたびに勉強が終ったら食事をいただくようになった。

道彦は美術クラブに入っていて夏の全琉球高校生油絵展で最優秀賞を受けるほどの腕前だった。道彦の勉強部屋の壁には畳二枚ほどの大きさの油絵が立て掛けられてあった。楚辺から豊見城を眺めた絵で青い空、蛇行する川、榕樹《がじまる》、赤瓦の家、茅葺きの家が鮮やかな力強い筆致で描かれていた。道彦は休日には遠く玉城《たまぐすく》や佐敷《さしき》まで絵を描きに行くらしい。本棚には書きためたスケッチブックやゴッホ、ルノワール、ドガなどの画集が並んでいた。

高校二年の夏、中学生がアメリカ兵に強姦されたうえに殺されて塵捨て場に全裸で投げ捨てられるという事件が起きた。被害者はぼくが通っていた中学校の後輩だった。琉球警察はアメリカ軍に犯人の引き渡しを求めたが拒まれただけでなく、裁判は軍事法廷で行なう、琉球の裁判所は関与できないと突き放された。国の内外に人間の尊厳と平等を説き、民主主義と自由を守るために沖縄に駐屯しているると宣伝しているアメリカ兵やアメリカ軍が沖縄人に対してこのように振る舞うことにぼくは納得できなかった。公園で抗議集会が開かれたので道彦を誘って出掛けた。大通りではおとなたちがアメリカ軍属の乗用車を叩き壊していた。ぼくも道彦といっしょに角材を拾って車を打ち壊し、引っ繰り返した。持ち主に対して少し心が痛んだが、アメリカ人は等しく沖縄人の怒りを思い知るべきだと自分に言い聞かせた。家に帰ってあと、警察に呼び出されたり逮捕されたりすると国費留学生試験でマイナス評価されないか気になったが、いい成績を取れば撥ね返せるはずだと考えた。警察沙汰にはならなかった。

大学入試が終るまで何度も道彦の家を訪ねて数学を教えてもらった。ぼくたちはふたりとも国費留学生選抜試験に合格した。道彦は東京の大学の経済学科に入学し、ぼくも同じ大学の社会学科に入学できた。道彦は絵を描きながらゆとりを持って合格し、ぼくは道彦に助けられて合格した。道彦は大学を卒業したら商社に勤め、東南アジアなど海外で働きたいと言った。ふたりで住むことに決めて道彦のお母さんと三人でアパートを見つけた。ぼくが買い物と調理と洗濯をする、道彦は皿洗い、掃除、部屋の片付けをするというふうに決めた。道彦のお母さんが醤油と味噌、そして米や缶詰などの食料品を送ってくれた。

ぼくと道彦は同じクラスの友人に誘われてアジア歴史思想研究会のコンパや読書会や合宿に参加した。研究会の仲間と付き合っているうちに〈アメリカは日本と同盟を結んで、資本主義陣営の防波堤として沖縄や韓国やフィリピンを植民地にしている。今また新たにベトナムを植民地にしようとしている。ぼくたちアジア人はこのアメリカの戦略を粉砕してアジア民衆の解放を目指すべきである〉という思想に共鳴した。マルクスやトロツキーや毛沢東の著作の学習会を重ねていくうちにぼくも道彦も〈日本の政治体制を打倒して中華人民共和国のような社会主義国家を建設すべきである〉と考えるようになった。そしてふたりとも研究会の政治組織である学生セクトに入った。ぼくたちはアメリカの沖縄支配やベトナム侵略戦争や日米軍事同盟に反対するビラ撒きを手伝い、ヘルメットを被って集会や街頭行進に加わった。

学生運動が激しくなってきた。二年に進んで間もなくアメリカによるベトナム北爆と日本政府の支援に反対する集団行進があった。ぼくも道彦もセクトの隊列に入って歩いたが、ぼくたちは楯と金属棒を持って武装した機動隊に引き抜かれ殴られて護送車に押し込まれた。護送車の中では罵声を浴びせられ小突かれ蹴り飛ばされた。ぼくも道彦も留置場に十三日間放り込まれたあと釈放された。この体験は警察や政府やアメリカに対するぼくの敵愾心を掻き立てた。

大学三年の秋、ぼくたちが通っている大学で学生総会がありアメリカのベトナム侵略戦争と日本政府の加担に反対する決議をした。ぼくたちは大学の内外で抗議行動を繰り広げた。セクトとセクトがぶつかって乱闘になり、多数の負傷者が出た。道彦が応戦して反撃し、打ち所が悪くて政治学科の一年生に重傷を負わせた。ある日、私服の警察官ふたりが道彦を車に押し込んでいる場面に出会った。道彦がぼくに気づいて助けてくれと叫んだ。ぼくは用心のために持ち歩いていた空手の武闘具―ヌンチャク―を鞄から取り出して窓ガラスを打ち壊し、向かって来る私服たちを殴り倒して道彦を助け出した。四日あと、ぼくは令状を示されて逮捕された。国費留学生が警察の車を破壊し、警官ふたりに三か月の重傷を負わせた公安事件として沖縄の新聞に顔写真入りで大きく報道されたらしい。

捕まってから二週間目に母が面会に来た。

「沖縄では国費留学生が逮捕されたと言って大騒ぎしているさぁ」母は溜め息をつく。「お母ちゃんは心配で眠れないよぉ」

「それほど大ごとな話ではないさぁ」

「なんでそんなことをしたわけ？」

「道彦を助けようとしただけさぁ」

「お父ちゃんは、怪我した警官たちに詫びれって言いよったさぁ」

「いやだね」

「ひとを殴って怪我させたんだから、反省していますって詫びたらどうだわけ？」

「自分の良心に反することはしたくないさぁ」

「刑務所に入ったら前科者として一生を送るよぉ」

「平気だぁるさぁ」

「我を張らずに詫びを入れたら初犯だから起訴されずに釈放されると、お父ちゃんが言っていたさぁ」

「ぼくは警察や検察が気に入るようには動かないよぉ」

「お父ちゃんの立場も考えてあげたらどうだわけ？」

「お父ちゃんはお父ちゃん、ぼくはぼくさぁ」

ぼくは二十三日間拘禁されたあとに起訴された。父は琉球警察本部の刑事部長の職にいたので居たたまれなくなったのだろう、警察をやめた。父から絶縁を言い渡されたが、もともと疎ましかったし、そう言うだろうと予期していたので衝撃はなかった。

検察官が拘置所に来て〈反省すれば執行猶予の方向で取り計らうよ。大学に戻ったらどうか〉と持ちかけたが相手にしなかった。

道彦が面会に来た。〈政治学科の一年生に怪我させた事件で逮捕されて取り調べを受けたさぁ。一年生に謝って警察と検察に運動をやめて勉学に打ち込むと誓ったので釈放されたわけ〉道彦の頬は何度も痙攣した。〈今までいっしょに戦ってきたのに情けないさぁ〉とぼくは詰った。道彦の顔が歪んだ。道彦は言葉を無理に押し出すように〈怒るかも知れないが、どうか怒らんで聞いてくれ。裁判官に詫びを入れて執行猶予をもらったらどうねぇ〉。ぼくは即座に〈そんなことを言いにここに来たわけ?〉と椅子から立ち上がり指を突き出して怒鳴った。〈帰れ! もう来るな〉。道彦は真っ青になった。〈ごめん。余計なことを言ったさぁ。ぼくは拘禁生活に耐える体力も精神力もないさぁ。平凡に大学を卒業して商社に勤めたいと考えているよぉ〉道彦は聴き取りにくい小さな声で呟いたあと、ずっと視線を逸らして壁を見ていた。ぼくたちは長いあいだ黙っていた。看守が時間!と告げた。ぼくは〈もう来なくてもいいよ〉と言った。初めて道彦を軽蔑した。

審理が始まった。ぼくは法廷で〈道彦は現行犯人ではないし、警官たちは逮捕状も持ってない。いやがる道彦をむりやり車に押し込んで連行するのは違法である。その違法な逮捕から道彦を救い出したのだから正当防衛である〉と述べた。

審理を締め括る日に裁判官が〈今振り返ってみて、少しやり過ぎたなと考えないか〉と聞いた。いいえ、と答えた。

地方裁判所が懲役二年の実刑を言い渡したので、ぼくは高等裁判所に控訴した。

道彦が面会に来た。会おうか会うまいか迷ったが会ってしまった。四年に進級したよ、商社Mの内定をもらおうと思っているさぁ、と話した。いいんじゃないねぇ、ぼくは腕組みをして目をつぶりながら言った。きみは強い人間だ、道彦の声は震えていた。いいや、違うよぉ、と応じた。

道彦を私服たちから助け出してなければ、ぼくは違う人生を歩いていただろう。道彦との不和も生じなかっただろう。では、あのとき〈助けない〉という選択肢があったか。これは逮捕されてから被告人になっている今日まで何度も発した問いだ。道彦は高校のときからの仲のいい友人だし、同じセクトの同志だ。また刑事訴訟法に照らして連行は違法であり、許されない。ぼくは助けなければならない。しかも道彦が助けてくれとぼくを求めている。ぼくは助けたかった。だから〈助けない〉という選択肢はなかった。答えはいつも動かなかった。しかし何か割り切れない気持ちが残った。

道彦から手紙が来た。〈元気で日々切り抜けているだろうか。事件の発端は、ぼくが一年生を負傷させたことにあるし、助けてくれと頼んだことにある。そのぼくは自由の身になって、きみがずっと拘禁されていることを考えると申しわけなくて辛くなる〉と書いてあり、商社Mに就職が内定したと付け加えてあった。〈おめでとう。入学のときからの夢が叶って良かった〉〈ぼくはぼくの自主的な意志とぼく自身の積極的な意欲でヌンチャクを振り回した。また、ぼくが不起訴や執行猶予を得る方向で動かなかったのは熟慮して自分で選び取った結果だ〉〈きみがぼくのことを考えて苦にする必要は全くない〉と手紙を出した。

高等裁判所が控訴を棄却したので更に最高裁判所に上告したが斥けられた。第一審から第三審まで何度か保釈の請求をしたが認められず、ずっと拘禁されたままだった。最高裁判所は勾留期間十二か月のうちの五か月を刑期に入れて差し引いた。

道彦から速達の手紙が拘置所に届いた。〈実刑が確定したそうで残念だ。ぼくのせいで、きみを服役させる羽目になって詫びても詫びたりない。きみの友愛と信義に感謝している。

体に気を付けてくれ。出所したら必ず連絡をくれ。ぼくたちのアパートを整理して小さな部屋に引っ越した〉と書いてあった。アパートの整理ありがとう、難儀させたな、と一行書いた手紙を出した。このやりとりがぼくと道彦との最後の通信になった。

間もなくぼくは刑務所に移された。母から便りが来て、どんなことがあっても生き抜きなさい、お母ちゃんはいつも、あんたのそばにいると書いてあり、四、五歳のころのぼくを抱いた母の写真が添えてあった。ぼくは声を殺して泣いた。

刑務所では朝起きてから夜寝るまで分刻みで行動を急かし、細かい規則で縛り、懲罰で痛めつけた。ぼくが真夏、作業場で吹き出る汗を思わず拭いた仕草を違反！懲罰！と叱責するので、えっ?これが?と呟くと、その呟きを反抗！懲罰！と咎められて二週間の入浴禁止に加え、三週間のラジオ聴取禁止・読書禁止・執筆禁止を喰らったことがあった。

服役して一年経ったころ、母から手紙が来た。〈道彦から便りが来て、あんたの健康を気遣っていた。出所後のことも心配していて相談に乗りたいと書いてある。商社マンとして元気にフィリッピンやインドネシアを飛び回っているようだ〉と綴ってあった。道彦が自由の身で元気に楽しく働いているようすを思い浮かべて羨ましくなり少し明るい気持ちになった。だが大企業の手足になってアジアの自然環境を破壊し、貧しい民衆から搾り取っているのかと考えると不快感のほうが強かった。信念を石ころのように蹴り捨てて人生を泳いでいくずるいやつだと考えることもあった。

逮捕されてからおよそ二年八か月ぶりに塀の外に出た。大学は除籍になっていたが、とっくに学究への道を見捨てたぼくには大学に対する愛着はなかった。道彦とは会いたくなかったので連絡を取らなかった。そのころ左翼は官憲に追い詰められ先鋭化していた。ぼくたちのセクトが拳銃を奪うために交番を襲って逆に射殺されたり、アメリカの空港待合室で爆弾を破裂させて送迎に来た四、五十人を殺傷し、本人は自殺する事件が起こった。死を覚悟して武闘路線を取る戦術はぼくの考えと相容れなかった。

ぼくはこれからどのようにして生きて行けばいいのか苦しんだ。ぼくはセクトや運動から離れて生き延びよう。生きていることに価値がある。地位も肩書もなく名もなく貧しく社会の片隅でひっそり暮らそう。それが自分に合った生き方だと考えた。仲間や友人と話をしたくなかった。印刷所の工員や建物解体業の労働者や左官や大工などをしながら誰とも連絡を取らずに東京都内の安いアパートを転々とした。

比屋定行きに乗り換えようと思って泉崎のバスセンター前でバスを降りた。紫や青や赤のネオンが点いたり消えたりして、すっかり夜になっていた。七、八分待ってバスが来た。窓際に肩を寄せて須磨子《すまこ》と娘のことを考えた。刑務所を出て五年過ぎたころ、ぼくは杉並区の阿佐谷《あさがや》で三畳ひと間のアパートに住んでいた。須磨子は美術大学を卒業して小さなデザイン会社に勤めていた。須磨子たちの仕事場を直すために大工として働いていたのが出会いだった。髪が巻き毛で背が高くて脚が長くて理知的な雰囲気の女性だった。ぼくは須磨子が好きになった。デザイン会社に通うのが楽しくて心はずむ日が続いた。何年も忘れていた感覚だった。フランス印象派の絵画展や土偶・銅鐸・埴輪・土器の展示会を見に行こうと誘われて応じたりしているうちに須磨子の優しさに打たれた。家族を作らず身内から干渉されずひとりで生きて行こうと考えていた決心がぐらついた。

ぼくが三十歳、須磨子が二十五歳のとき、いっしょに暮らし始めた。二年あとに娘が生まれた。ぼくたちは幼い娘を連れて鉄道の駅舎で巣を作って雛を育てている燕を見に行ったり、森や林や川にムクドリやモズやカワセミを見に行ったりして満ち足りていた。娘は須磨子によく似ていて色白で小さな口もとが愛らしかった。微笑むと笑窪ができた。娘が小学校一年生に上がって間もなく須磨子が通勤途中に車に撥ねられて死んだ。ぼくは須磨子の突然の死に気落ちして娘のために食事をつくり洗濯をするといった日常の小さな営みさえできなくなった。そこを娘の同級生のお母さんたちが助けてくれてふた月あとには立ち直って家事をこなせるようになった。お母さんたちには娘が小学校を卒業するまで手伝ってもらい庇ってもらった。中学生になってからはひとりで留守番や食事ができるようになって少し楽になった。娘は高校を卒業して美術大学に入った。アルバイトをし奨学金を得て四年間を乗り切って卒業した。いま東京で美術館に勤めながら趣味で絵を描いている。毎月、ぼくに送金があり、短いＥメイルをくれる。須磨子との楽しかった日々やかわいかった幼いときの娘や助けてくれたお母さんたちのことを思い出すと心が和む。

「うう、比屋定《ひやじょう》んかい、行ちゃびーんどぉ（はい、比屋定に行きますよ）」バスの運転手に促されてモンペのようなズボンを穿いた八十過ぎの女性が乗り込んできた。

ぼくが三十九歳で娘が小学校二年生だった。母の体調がきわめて悪いということを風の便りに聞いたので娘を連れて三日間、那覇を訪れた。母と会うのは十八年ぶりだった。母の体は小さく縮んで耳に補聴器を付けていた。母は娘を抱きしめて、よく来たねぇ、会いたかったさぁと言って泣いた。心労させて悪かったとぼくは詫びた。母が道彦の話をした。〈三年まえ道彦から電話があって喫茶店で会ったわけ。いま香港《ホンコン》にいて休暇で沖縄に帰ってきたんですと告げよったさぁ。あんたに会いたいと言って住所を聞いたけど、私《うち》にも連絡がなくて知らないよぉ、東京にいると思うではあるが、東京のどこで、どんな暮らしをしているか私《うち》にも分からないさぁと言ったわけ〉。道彦はずっとぼくのことを気にしていたんだと知ってうれしかった。しかし〈ぼくは娘を怪我も病気もさせず健やかに小学校・中学校・高校を卒業させることができるか〉〈ぼくは娘が高校を出るまでずっと健康を保って生活費を稼ぐことができるか〉不安で胸がはち切れそうだった。ぼくにとって道彦は違う世界の人間であり、道彦にはさほど関心が向かなかった。半年あとに母は死んだ。

ぼくが東京を引き揚げて那覇に移り住んだのは六年まえのことだ。ぼくは五十歳を過ぎたころから冬場には喘息の発作が出て苦しむようになった。深夜、気管が狭まり喉がヒューヒュー鳴って息ができなくなる。布団をオーバーコートのように背中に掛けて朝まで壁に凭れて起きている。寝ているよりは少し楽だからだ。暖かい沖縄で暮らせば治ると医者に言われたし娘も沖縄行きを勧めるので帰ってきた。大工の仕事を探したが見つからなかった。大学受験生に英語を教える講師の求人が出ていたので応募したら採用された。ぼくの喘息は冬の温暖な気候が良かったのか那覇に来てからは一度も発作が起きていない。

比屋定に向かっているバスの窓から【印刷】とだけ大きく書いた看板が蛍光灯に照らされて闇の中で銀色に浮き上がっている。刑務所にも印刷工場があった。工場の軒に氷柱《つらら》が下がっている朝、校正作業をしている指がかじかんで仕事が進まなかった。覚悟していた服役ではあったが予想以上にきつくて刑期を終えて外に出たときには身も心も解き放たれてうれしかった。できるならばもう入りたくないなと思った。

一昨日のことだ。計算すると道彦が息を引き取った日に当たる。スーパーマーケットで買い物をして二百メートルほど坂を上ってアパートに帰るのだが途中で五回も休憩した。このごろは休まずに一気に上ることができなくて一、二回、立ち止まらなければならないが五回も休んだのは初めてだった。それに上り切ったあと、動悸と息切れがいつまでも収まらなかった。すっかり年老いた、そう感じて落胆した。あと何年元気で暮らせるだろうかと考えた。十年くらいか。いや五、六年かもしれない。しかし、と考え直した。仮にあと十年元気であったとして、それがなんだというのだろう。須磨子は死んだし、母もいない。娘とは住む場所も気持ちも遠く隔たってしまった。娘は東京が好きだ。沖縄に来て沖縄で働く気持ちはない。娘が大学二年のとき、ぼくと離れて自活したいと言ってひとりで暮らし始めてからは、ぼくたちは指図したり頼ったり相談したり頻繁に会ったりする繋がりではなく独立独歩の淡い関係になった。そのような関わりが今日まで続いていて、これはこれで良かったと思うが……。

バスが速度を落とし、やがて止まった。二台のパトロールカーと三台のつぶれた乗用車が道を塞いでいた。どうにか片側一車線をつくって互い違いに通している。黒と黄土色で迷彩を施したアメリカの軍用トラックの列がゆっくり通り過ぎる。トラックは前照灯を点けて眼がくらむような眩しい光を放っている。長い銃を持った若い兵士たちが後ろに続く軍用トラックのライトに照らし出された。兵士！　そうだ。ぼくは高校二年の夏、アメリカ兵が中学生を強姦して殺し、ゴミの山の中に投げ捨てた事件を思い出した。道彦といっしょに抗議集会に行ったが事件はあのあと軍事法廷で無罪になった。そのときの憤激が学生運動にのめりこむ切っ掛けになった。ぼくたち大学生はアメリカの沖縄支配やベトナム戦争に抗議して立ち向かった。高校時代に抱いた理不尽な力に反撥する感情が、ぼくの刑事裁判でも意地を通して服役を甘んじて受ける太い支柱になった。あれから四十余年経った。今日なお沖縄に巨大な軍事基地があり、軍用機と兵士たちが海の向こうの戦乱に出撃している。学生たちが体を張って抵抗しても基地は動かなかったし動いていない。むしろ巧妙に押し付けられ強化されている。道彦のように痛手を負わないうちに引き際を考えて遠ざかるほうがよかったのではないか。ぼくたちは無駄な骨折りをしたのではないか。

違う。そうではない。そうであってはならない。ぼくは刑務所を出てあと、社会運動に関わってないので言うのは気後れし、ためらわせるものがあるが、ぼくたちが挙げた声は受け継がれているのではないか。いや、どうか受け継がれてほしい。たとえかぼそい灯であるとしても……。六十年、八十年、百年、時間が掛かるとしても……。

比屋定のバス停に着いた。四十五年ぶりに訪れる比屋定は道が二倍に広げられ商店街ができていて新しいまちに様変わりしていた。要所要所に告別式の案内板があったので夜目にも道彦の家はすぐ分かった。

入口の石門も〈手登根味噌醤油〉と書かれた看板もセメント瓦の建物もぼくがよく訪れた赤瓦の家もなくなっていた。正面に二階建ての鉄筋コンクリートが建っている。醤油の甘い匂いを探したがなかった。しかし屋敷を取り囲んでいる数十本の福木《ふくぎ》は幹が太くなり黒い夜空に伸びて、そのままあった。ぼくは福木に近寄って両手で幹をさすり、抱きしめた。屋外灯が庭を照らしている。月桃《さんにん》が茂っていて白い花が咲いていた。あのころも月桃があった。高校一年の二学期から高校を卒業するまでここに通ったんだ。道彦がいたし、道彦のお母さんがいた。ぼくは月桃の葉をやぶき、鼻に当てて香りを嗅いだ。

思えば道彦には二十代、三十代、四十代のころは失望し嫌悪感を抱くことがあった。だが、ぼくだって出所してあとはセクトを離れ、運動と関わりを持たなかったから道彦を責めることはできない。ぼくは自分でいくら強弁しても結局、挫けて砕けて逃げたんだ。須磨子が亡くなり幼い娘を抱えたぼくにとって娘を育て上げることが思想や信念に勝る大きくて重たい任務だった。年を重ねていつの間にか六十三歳になった。同級生の多くは退職して地位も肩書きも失った。ひとり死に、またひとり死んで行く。明日はぼくの番だ。ぼくはもう道彦にマイナス感情を持っていないことを確信した。それどころか申しわけない気持ちでいっぱいだ。ぼくは道彦を見下していたし道彦に冷たかった。そこまで思い至ると体の奥底から哀しみが湧いてきた。

ぼくは道彦へのこだわりを引き摺り、うなだれながら玄関に入った。靴箱の上に一対の大きな獅子《しーさー》の素焼きが置いてある。廊下が奥まで続いていて左と右に部屋があり、突き当たりにも部屋があるようだった。かすかに線香の匂いが漂っている。

「こ、ん」今晩はと言おうと思ったが声が掠れた。

力を込めてやり直す。「今晩は！」

長い髪を後ろで縛った色白の女性が奥の部屋から出てきた。大きな瞳と引き締まった口もとがどこか道彦に似ている。

「銘苅《めかる》龍生《りゅうせい》です」

「えっ、りゅう、せ、い、さん？　ほんと？　来てくださったんだ」女性は懸命に微笑みを作った。「娘の〈ゆめ〉です」

ゆめとは初体面なのに昔会ったことがあるような温もりを感じた。ぼくの娘より二、三歳年下だ。

「遅い時間に来て……」ぼくは汗も出てないのに額を手でぬぐう。

「いいえ、おいでくださってありがとうございます」ゆめは深々と頭を下げた。

左側の部屋を指し示す。「どうぞ、こちらへ」

ゆめが先に立って案内する。十二畳ほどの畳部屋に紫、白、桃色の木槿《むくげ》の花を飾ってある。にこやかに笑っている道彦の遺影がぼくを迎えた。髪が薄くなり少し太っていたが大学時代と同じように目や鼻や口がはっきりして整った顔立ちをしていた。近づいてじっと見ると気の弱そうな目をしている。ゆめが火の点いた緑色の線香を一本渡すと、ぼくは香炉に立てながら心の中で〈生きているときに会いたかった〉と言った。

「ご焼香ありがとうございます」ゆめは正座し直し、畳に額が付くほど御辞儀をした。「父も喜んでいると思います」

弔問客はぼくだけだった。ゆめによく似た若い女性が茶と膳を持ってきて、すぐ引っ込んだ。奥に台所があるようすで五、六人ひとがいる気配だ。

「道彦はいつから沖縄に住んでいたんですか」

「一年八か月まえからです」

「同じ沖縄に住んでいて知りませんでした」

「父は内地にいるときも沖縄に帰ってからも、りゅうせいに会いたい、りゅうせい、りゅうせいと言っていました」

「そうでしたか……」

ぼくは日々の労働で疲れ果てて道彦を思い出すゆとりがなかった。たまに思い出すことがあったが会いたいと思ったことはなかった。世の中の外れでひっそり暮らしている身としては誰にも会いたくないという気持ちでいた。ぼくは道彦の心意気をありがたいと感じた。半面、後ろめたくて心臓が締め付けられた。

「沖縄に移って来る前はどこにいたんですか」

「福岡に住んでいました。母が亡くなったあと体調を悪くして比屋定に越して来たんです。間もなく肺癌であることが分かって闘病していました」

苦しみましたかと聞きたかったが、忍びなかったので黙っていた。肺癌の末期は激しい痛みを伴うと聞いている。

「りゅうせいさんと過ごした高校生のころのことや、同じ部屋から大学に通っていたときのことを懐かしそうに話していました」

ぼくはゆめが〈銘苅さん〉ではなく〈りゅうせいさん〉と呼んでいることに気付いて、

仲のいい父と娘の間柄のように思えてうれしかった。ゆめが発する〈りゅう、せい〉という音の柔らかい澄み切った響きが体のすみずみに染み渡った。

「そうですか」ぼくは両手で顔をごしごし擦った。

「自分のせいで、りゅうせいさんの人生を狂わせてしまったと悔やんでいました」

「そうではありません」

道彦の犠牲になったのではない。ぼくが、ぼくの好きな人生を選び取ったのだ。

「刑務所を出てからその後どうしているのだろうかと気にしていました」

「ぼくはずっと東京に住んでいて五十七歳から那覇なんですよ」

「父は三十七、八歳のころから体調が優れず会社を休むようになったそうです。母の実家が造り酒屋をしていましたので四十歳のとき退社して手伝い始めたようです」

「えっ?」ぼくはゆめに躙り寄った。

道彦は才覚があり人当たりもいいから部長になって取締役にのぼって六十を過ぎても重役として働いていると想像していたが……。

「でも、ぼうっとしたり塞ぎ込んだりして仕事どころではなかったようです」

「そんなに悪かったんですか」

「私は小さかったのでよく分かりませんでしたが、一年に一度は重い鬱に襲われて短いときで十日ほど、長いときにはひと月ほど部屋に閉じ籠もっていたそうです」

「そうですか」ぼくは力が脱けてその場にくずおれそうになった。

「母が苦労したと思います」

「ゆめさんのお母さんが亡くなったのはいつですか」

「二年まえです。蜘蛛膜下出血であっけない最期でした」

「おいくつでしたか」

「五十二でした」

「若いですね」

「母は、父がふるさとに帰りたがっているので引っ越しの準備をしていたんです」ゆめは唇をすぼめる。「その矢先に倒れたんです」

ぼくは二十五年まえ、須磨子が死んだときのことを考えた。ぼくは須磨子を失った衝撃で声が出なくなったし、幼い娘のために朝食の用意をすることさえできなくなった。ぼくは道彦の嘆きと悲しみを思い、大きく息を吸い込み、ゆっくり吐き出した。

「ゆめさんはいつから沖縄に？」

「十年まえです」

「大学？」

「はい。琉球大学に入りました」ゆめは道彦によく似た細くて長い指を撫でた。

「今は？」

「県庁に勤めています」

「ゆめさんが傍らにいてくれて良かったですね」

「父は絵を描くのが好きで体調のいい日には私の車に乗って遠くまでデッサンをしに出掛けました」

「高校のとき、ぼくも道彦にくっついて糸満《いとまん》や与那原《よなばる》に行ったことがありますよ」

「父は癌を告知されてから何かに取り憑かれたように油絵の制作に取り組んでいました」

「病を押して？」

「はい。私は父のそばで絵の具を溶かしたりパレットや絵筆を洗ったりしました」ゆめは目尻を指で触った。「父はまず母の肖像画を描き上げ、次に私の肖像画が出来上がりました。最後にもう一点、絵を描き始めたんです」

「ほう」ぼくは手の平を擦り合わせる。

「寝たらどうかと促しても溶いた絵の具が残っているからと言って十二時、一時まで画布に向かっていることもありました」

「からだに障らないんでしょうか」

「執念で支えているようでした。三週間まえ、これで完成だと言って〈道彦〉と署名を書き入れ、絵筆を置いたんです」ゆめは微笑みを浮かべる。「父が最後に描き上げた絵を見てやってください」

ゆめは奥の部屋に行った。額に入っている大きな油絵を両手で抱えてきて壁に立てた。

「あっ!」ぼくは立ち上がった。

耳が火のように熱くなっているのが自分でも分かった。

「りゅうせいさんに渡すように父に頼まれた絵です。りゅうせいさんがどこに住んでいらっしゃるのか、内地にいらっしゃるのか沖縄にいらっしゃるのか。住所も電話番号も分かりません。あちこち当たってみましたが埒が明きませんでした。父が亡くなったあと、アイディアが思い浮かびました。そうだ。告別式の新聞広告に友人代表として載せたらどうか。りゅうせいさんがもし沖縄にいらしてご覧になったら駆け付けてきてくださるんじゃないか。りゅうせいさんがご覧にならなくても知り合いのかたが知らせてくださり、いつか訪ねて来てくださるのではないか。そう考えたんです」

絵は高校生のときのぼくの肖像だった。道彦の勉強部屋に立て掛けてあった楚辺《そべ》から豊見城を眺望した風景画が絵の中の絵として背景に描かれていて、ぼくは椅子に坐って穏やかな優しい表情をしている。

ぼくは絵ににじり寄った。ぼくは込み上げてくるものを辛うじてこらえた。

名桜大学主催懸賞作品コンクール短編小説部門最優秀賞受賞（二〇一二年）

あとがき――文学は希望の灯

私は六十九年近く生きてきましたが数々の困難に出会いました。

一九六七年から逗留していたヤマトでもあれやこれや色いろありました。帰郷する一九八九年以降には、離婚したこと、幼い娘とふたりで暮らし始めたこと、職がなかったこと、熱を出して唸っている小学生の娘をアパートにひとり残して夜の仕事に出かけたこと、勤めていた進学塾から解雇されて収入がなくなったこと、解雇を争って展望のない裁判闘争に突入したこと、ヤマトの大学に通っている娘への送金に四苦八苦するようになったこと、住む家がなくなったこと、緑内障を患ったこと……。

そのような多くの困難を乗り越えることができたのは先輩・友人・仲間がいたからであり、文学があったからです。

私は偏屈で心の狭い人間ですが、たくさんの先輩・友人・仲間に恵まれました。庇われ、助けられ、支えられて、きょうまで歩いてきました。皆さま、ありがとうございました。思い起こすと涙が出てきます。

私にとって文学は希望の灯です。先人・先覚の小説を読んで心を和ませ勇気をもらいました。また私自身も非力ながら小説を創って自分をなだめ、自分を励ましました。

私は小説家・井上光晴さん（一九二六年～一九九二年）に師事しました。私の、かふう（果報）であり、誇りです。

光晴さんは調布の御宅に呼んでくださり群馬県の鳩の湯温泉で作品批評会を開いてくださいました。この温泉での合宿に小学校三年生だった娘を連れて沖縄から加わりました。

放浪の旅に出て戻らなかった父や母親代わりに育ててくれた祖母の話を聞きました。光晴さんの話はテープ起こしをすればそのまま小説になるほど聞き手を魅了する見事なものでした。温泉の特設舞台で光晴さんは高島田をかぶって女装し歌謡曲に合わせて踊る本格的なストリップショウまで披露してくれました。

私の眼に映った光晴さんは、峻厳な、心優しい、情に厚い、いっしょにいて楽しい、話がじょうずな、サービス精神が旺盛の、寂しいひとでした。光晴さんとの交流は懐かしい思い出です。光晴さんから「小説を創ることは生きることである」「作品は生きた証拠《あかし》である」との貴重なことばをいただきました。

このタイムス文芸叢書には私の作品が四つ収録されています。読んでくださったかたに、ちょっぴり、安らぎや勇気を与えることができたら、こんなうれしいことはありません。

二〇一六年七月　　玉代勢　章

玉代勢 章（たまよせ　あきら）

1947年11月、那覇市楚辺に生まれる。琉球政府立・那覇高等学校を卒業する。一橋大学法学部に入学し、卒業する。

大学在学中、一橋大学主催の懸賞小説で最優秀賞を受賞。

「瑠璃子ちゃんがいなくなって」が1989年、在日文芸「民涛」（李恢成代表）第6号に掲載される。

小説家・井上光晴（1926～92年）に師事する。

小説「母、狂う」が2003年、沖縄タイムス社主催の第29回新沖縄文学賞受賞。

詩「希望・勇気」が2004年、新潮文庫「あなたにあいたくて生まれてきた詩」（宗 左近・選）に収録される。

小説「遺された油絵」が2012年、名桜大学主催の懸賞作品コンクール短編小説部門最優秀賞受賞。

2016年1月より沖縄タイムス紙上で「沖縄文芸批評―小説の現在」を連載中。

母、狂う　　タイムス文芸叢書 006

2016年7月21日　第1刷発行

著　者　玉代勢 章
発行者　武富 和彦
発行所　沖縄タイムス社
〒900-8678 沖縄県那覇市久茂地2-2-2
出版部　098-860-3591
www.okinawatimes.co.jp
印刷所　文進印刷

ISBN978-4-87127-235-3　Rrinted in Japan